Sonja Kaiblinger

Chloé völlig von der Rolle

Alle bisher erschienenen Bücher
von *Sonja Kaiblinger* bei Loewe Verlag:

Chloé

Band 1: *Chloé völlig von der Rolle*

Scary Harry

Band 1: Von allen guten Geistern verlassen
Band 2: Totgesagte leben länger
Sonderausgabe: Fledermaus frei Haus
Band 3: Meister aller Geister
Band 4: Ab durch die Tonne

Verliebt in Serie

Band 1: Rosen und Seifenblasen
Band 2: Lilien und Luftschlösser

Sonja Kaiblinger

Chloé völlig von der Rolle

Mit Illustrationen von Vera Schmidt

Loewe

Für Chris –
die Chloé genauso schnell liebgewonnen hat
wie ich.

ISBN 978-3-7855-8238-1
1. Auflage 2016

Umschlag- und Innenillustrationen: Vera Schmidt
Umschlaggestaltung: Michael Dietrich
Printed in Germany

www.loewe-verlag.de

Inhalt

ARIELLE
Pauline
Katja
Melanie

ICH HABE
Ernst
Chloé

Überraschung auf dem Mädchenklo

Soll ich euch ein Geheimnis verraten? Neulich habe ich herausgefunden, dass jeder Mensch einen Lieblingsort besitzt. Einen geheimen oder auch nicht so geheimen Platz, an den man sich gerne zurückzieht, wenn das Leben es nicht gut mit einem meint. An dem sprichwörtlich immer die Sonne scheint. Und an dem man sich einfach wohlfühlt. Jeder Mensch kennt so einen Ort, und wenn ihr genau nachdenkt, fällt euch sicher auch einer ein.

Mama zum Beispiel liebt ihre Hängematte. Wenn sie nichts zu tun hat, verkriecht sie sich dort mit einem dicken Buch und bleibt darin liegen, bis es dunkel wird. Papa wiederum steht am liebsten im Tonstudio und singt Popsongs. Das ist nämlich sein Hobby, auch wenn er der schlechteste Sänger der Welt ist, aber das darf man ihm natürlich nicht sagen.

Mein Lieblingsort, und da führt ganz sicher kein Weg daran vorbei, ist das Schulklo. Die Mädchentoilette des Notburga-von-Sorgenfrey-Gymnasiums.

Ja, richtig gelesen. Und ja, ich weiß, wie das jetzt klingt. Wie kann ein stinknormales Schulklo denn mein Lieblingsort sein? Eine Schultoilette besteht doch aus nichts weiter als Kabinen, Waschtischen, Kritzeleien und meist uralten, wackeligen und, im schlimmsten Fall, ekligen Porzellanschüsseln. Und viel unternehmen kann man auf so einem Schulklo ebenfalls nicht, abgesehen von … na ja, ihr wisst schon. Das tägliche Geschäft verrichten.

Allerdings ist unser Mädchenklo alles andere als ein stinknormales Klo. Und auf die Gefahr hin, dass ihr jetzt über mich lacht – aber ich habe mich nach der Grundschule tatsächlich nur wegen des Klos für diese Schule entschieden. Denn wenn man das Wort »Klo« bereits im Namen trägt und am weltweiten Toilettentag geboren ist, dann darf man das.

Bevor ihr jetzt eure Augenbrauen hochzieht: Nein, ich heiße nicht Klothilde. Sondern Chloé. Eigentlich spricht man meinen Namen Klo-eh aus, mit Betonung auf der zweiten Silbe, aber viele Leute machen das falsch und betonen stattdessen die erste. Und dass mein Geburtstag dann auch noch auf den Welttoilettentag, den 19. November, fällt, kann kein Zufall sein.

Trotzdem habe ich meinen Namen früher gehasst. Denn

mein bester Freund Ernst hat felsenfest behauptet, der Name Chloé stamme aus dem Griechischen und bedeute übersetzt so viel wie »die auf dem Klo Geborene«. Das fand ich nicht so nett. Wer will schon auf einem Klo geboren werden? Igitt.

Als ich alt genug war, einen Computer zu bedienen, habe ich die Bedeutung meines Namens im Internet nachgelesen und Ernst frech unter die Nase gerieben, dass Chloé tatsächlich griechisch ist, allerdings so viel wie »die Grüne« bedeutet. Außerdem habe ich ihm gesagt, dass ich mich ganz sicher nicht von einem Jungen ärgern lassen würde, der den Namen Ernst Fröhlich trägt. Das passt doch gar nicht zusammen. Beinahe so, als hieße man Dämlich Klug.

Gott sei Dank hat Ernst als Junge keinen Zutritt zu unserem tollen Mädchenklo, das Katja, Melanie und ich in diesem Augenblick betreten. Deshalb hat er auch keine Möglichkeit, heimlich vor der ersten Stunde die Mathehausaufgaben abzuschreiben. In der sechsten Klasse sind wir nun bei quadratischen Gleichungen angelangt und die meisten von uns haben in der letzten Mathestunde nur Bahnhof verstanden. Aber auf unser Mathegenie Melanie ist zum Glück immer Verlass.

»Wir haben zehn Minuten, bevor die Stunde beginnt«, ruft Katja, als sie die Tür aufreißt und in den Vorraum stürmt. »Und ich muss noch Deutsch, Mathe und Englisch von euch abschreiben. Ich hab doch schon zwei Verweise. Wenn ich noch einen kassiere, fliege ich von der Schule! Das wäre eine absolute Katastrophe! Ich kann mir gar nicht mehr vorstellen, ein stinknormales Schulklo zu benutzen.«

Ich muss kichern, während ich ihr folge. Stinken tut es auf unserem Mädchenklo tatsächlich nicht. Das liegt daran, dass an der Decke kleine, moderne Zerstäuber hängen, die aussehen wie Rauchmelder, aber Vanille-Duft versprühen. Außerdem riecht das Klopapier nach Kaugummi. Darauf herumkauen würde ich aber trotzdem nicht. Wenn man Lust auf Kaugummi hat, gibt es stattdessen einen Kaugummi-Auto-

maten neben den Waschbecken, an dem man kostenlos Kaugummi in allen Geschmacksrichtungen ziehen kann.

Und das ist noch längst nicht alles. Katja hat wirklich recht, denke ich mir, als ich beginne, die erste quadratische Gleichung aus Melanies Heft zu kopieren. Niemand aus unserer kleinen Clique könnte sich mehr vorstellen, zwischen den Unterrichtsstunden auf ein gewöhnliches Klo zu gehen. Dann müsste man vermutlich beim Abschreiben unbequem auf dem Klodeckel hocken anstatt hier, auf diesem glitzernden Plüschsofa neben den Waschbecken, während Giovanni, unser Schulkater, zwischen unseren Beinen herumtänzelt.

Selbst der edle Perserkater Giovanni fühlt sich hier wohl. Er hat hier sein Katzenklo und auch daran hat unsere Schule nicht gespart. Es gleicht eher einem Palast als einer Plastikschüssel.

»So, und jetzt Englisch«, befiehlt Katja und zieht Melanies Englischheft aus der Tasche. »Hier müssen wir allerdings ein paar Fehler einbauen, Chloé. Frau Kümmel glaubt uns nie im Leben, dass wir so gut sind wie Melanie –« Sie bricht plötzlich ab und blickt zu den Kabinen, die sich links neben uns aneinanderreihen. »Habt ihr das gehört?«

»Was denn?« Ich halte inne und sehe mich um. Wir sind die Einzigen hier. Was meint sie?

»Schscht. Hier ist jemand.« Katja lässt ihren Stift sinken

und steht auf. Sie schreitet die Kabinentüren ab und späht in den kleinen Spalt zwischen den Toilettentüren und den rosafarbenen Fliesen. »Es klingt fast so, als ob hier jemand … schnarcht.«

Jetzt höre ich es auch. Wir sind tatsächlich nicht alleine. Und jetzt, wo ich genauer hingucke, fällt mir auch etwas an der letzten Kabinentür auf, die sich so weit hinten befindet, dass man sie vom Sofa aus nicht sehen kann. Der silbern glitzernde Türgriff liegt am Boden. Er sieht aus wie ein achteckiger Diamant und normalerweise muss man ihn ganz leicht zur Seite drehen, um die Tür zu öffnen und das Klo darin zu benutzen.

»Fallt nicht drauf rein«, warnt Melanie, die auf dem Sofa sitzen geblieben ist. Skeptisch mustert sie den glitzernden Griff auf dem glänzenden Fliesenboden. »Das ist ein Streich. Ich wette, das haben sich die Jungs ausgedacht, um uns zu ärgern. Bestimmt kommt das schnarchende Geräusch von einem … iPod und soll uns in die Kabine locken. Und wenn ihr die Kabinentür öffnet, ergießt sich ein Eimer mit widerlichem Zeug auf eure Köpfe. Mit Schnecken und Würmern. Oder mit Fleischresten aus der Cafeteria von letzter Woche.« Melanie würgt.

»Ach Quatsch, das kann ich mir nicht vorstellen. Los, kommt mit«, erkläre ich Katja und Melanie, auch wenn mir ein bisschen mulmig ist. Seit September müssen die Jungs die Mobiltoiletten draußen bei der Fahrradhalle benutzen, weil das Jungsklo dringend sanierungsbedürftig ist. Und sie waren schon immer neidisch auf unser schönes Mädchenklo. Was, wenn sie also … Schnell schiebe ich den Gedanken beiseite, schnappe mir mutig den Türknauf und versuche, ihn wieder zu befestigen. Nach einigen Versuchen klappt es und ich ziehe die Tür auf.

»Was zum Geier –«, rufe ich und starre verblüfft in die Kabine. Es ergießt sich zwar zum Glück kein Eimer voll Ekelzeug über uns, aber ich bin mir dennoch nicht sicher, was das hier zu bedeuten hat. Vor uns hockt unsere Klassenkameradin Pauline Schramm, die an der Wand der Kabine lehnt – genauer gesagt am Aquarium, das sich in der Rückwand der Toiletten befindet. Sie hat die Arme auf den Klodeckel gelegt und ihren Kopf daraufgestützt; aus ihrem offenen Mund rinnt ein wenig Speichel.

Katja, Melanie und ich wechseln unschlüssige Blicke. In diesem Moment gibt Pauline einen letzten lauten Schnarcher von sich, blinzelt und starrt uns an.

»Chloé?« Mit einem Ruck hüpft sie auf, dabei verrutscht ihre Brille. »Wie … wie spät ist es? Hat der Unterricht etwa schon angefangen?«

Okay, das ist echt schräg. Ich meine, Pauline Schramm, die seit September in unsere Klasse geht, ist schon ziemlich seltsam: Sie trägt die Latzhosen ihrer Brüder, hat Haare, die aussehen, als wären sie in ihrem Leben noch nie mit einer Bürste in Berührung gekommen, und leidet außerdem unter einem Dutzend Nahrungsmittelallergien. Deswegen hat sie in der Cafeteria immer ihr eigenes Essen dabei – irgendein merkwürdiges Zeug aus dem Naturkostladen, das aussieht wie schon mal gegessen. Außerdem hat sie eine ganze Reihe an eigenartigen Hobbys, zum Beispiel steht sie total auf uralte Disneyfilme, liebt es zu häkeln und zu stricken und bedruckt sogar ihre T-Shirts selbst. Sie ist der Inbegriff eines weiblichen Nerds.

Melanie wirft einen Blick auf ihre Armbanduhr. »Es ist sieben Uhr fünfundzwanzig. In fünf Minuten haben wir Englisch. Hast du etwa auf dem Klo geschlafen, Pauline?«

Melanies Worte klingen wie ein Vorwurf, aber ich weiß genau, dass sie das nicht so meint. Pauline sieht jämmerlich aus. Wie es scheint, hat sie tatsächlich die ganze Nacht auf dem Klo verbracht, denn sie trägt noch dieselben Klamotten wie gestern: ein ausgewaschenes T-Shirt mit Disneys *Arielle, die Meerjungfrau*, dazu einen bunten Faltenrock, der fast bis zum Boden reicht und vielleicht in der Jugend ihrer Mutter der letzte Schrei war. Sie hat mir in diesem Aufzug schon gestern ziemlich leidgetan. Nur heute sind ihre Sachen noch verknitterter und ihre Augen ganz verquollen, als hätte sie geheult. Und dann ist da noch etwas: ein großer blauer Fleck an ihrem Oberarm. Schnell zähle ich eins und eins zusammen – der Griff auf dem Boden, der Bluterguss – und komme zu dem Schluss, dass Pauline wohl kaum freiwillig die Nacht auf dem Klo verbracht hat. Es sieht eher danach aus, als habe jemand sie unsanft in die Kabine geschubst und dann den Griff abmontiert.

Schließlich räuspert sich Pauline. »Ja, ich hab auf dem Klo geschlafen.« So würdevoll wie nur möglich steht sie auf, hebt ihr Kinn und klopft sich die Klamotten ab.

Wir drei warten darauf, dass noch eine Erklärung folgt, aber es kommt keine. Stattdessen schnappt sich Pauline ihren Schulrucksack und zwängt sich an uns vorbei aus der Kabine. »Aber ich sehe nicht den geringsten Grund, warum euch das interessieren sollte. Und jetzt entschuldigt mich. Ich muss in den Englischunterricht.«

Ach ja, bevor ich es vergesse: Abgesehen von ihren schrägen Outfits ist Pauline auch noch eine echte Kratzbürste. Sie hält sich für überdurchschnittlich klug und redet mit ihren zwölf Jahren wie eine Erwachsene.

»Pauline. Warte«, flüstere ich, weil mir vor Schreck die Stimme wegbleibt. Der blaue Fleck schiebt sich zurück in mein Gedächtnis und ich deute mit dem Finger darauf. »Wer … wer war das?«

Pauline bleibt stehen und sieht mich mit ihren großen

grünen Augen an. Unser Schulkater Giovanni liebkost ihre Beine, etwas, das Giovanni normalerweise nur bei ausgewählten Personen tut. Für einen kurzen Augenblick sieht Pauline aus, als würde sie gleich losheulen.

»Das waren … die Jungs. Aus der Zwölften«, murmelt sie dann und schluckt. »Kevin und seine dämlichen Kumpels. Die, die letzte Woche ›Leer, Lehrer, Oberlehrer‹ in großen Buchstaben auf die Turnsaalwand gesprayt haben. Die halten sich wohl für besonders witzig. Aber das ist nicht euer Problem, verstanden?«

Melanie runzelt die Stirn. »Aber ist Kevin nicht letzte Woche von der Schule geflogen und besucht nun –«

»Nicht. Euer. Problem«, knurrt Pauline und fletscht die Zähne wie Steve Mops, der streitlustige Hund unserer Nachbarin. Dann latscht sie in ihren Gesundheitsschuhen zur Tür, die in den Flur führt. »Adios, ihr Tussis.«

Wie versteinert stehen wir da, als die Tür hinter ihr ins Schloss fällt und die Schulglocke läutet. Dass jemand so unhöflich mit uns spricht, sind wir nicht gewohnt. Katja ist eigentlich bei allen beliebt, weil sie echt cool ist und immer einen flotten Spruch auf den Lippen hat. Melanie ist unser Superbrain und wird für ihre guten Noten bewundert, und ich, tja, ich bin einfach Chloé, die eigentlich recht normal ist, aber ziemlich viel unnützes Wissen über Klos parat hat. Wusstet ihr zum Beispiel, dass wir zeit unseres Lebens drei Jahre auf dem Klo verbringen? Bei Pauline ist das dann vermutlich noch viel mehr Zeit, wenn sie sich hier regelmäßig von Kevin und seinen Jungs einsperren lässt.

Aber mein Gefühl sagt mir, dass Kevin diesmal gar nichts damit zu tun hat. Was in aller Welt ist gestern wirklich auf dem Mädchenklo vorgefallen? Während ich ohne Hausaufgabe in den Englischunterricht marschiere, fällt mir ein, dass wir auf dem Klo zwar allen erdenklichen Luxus besitzen, aber eine entscheidende Sache fehlt: Überwachungskameras.

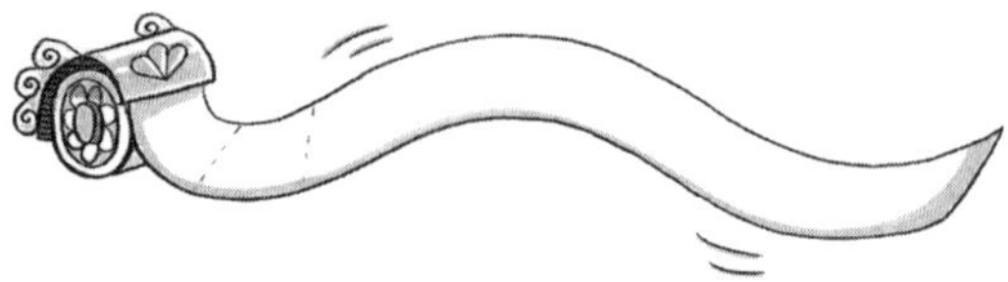

Das riecht nach Ärger!

Gut. Ich nehme es zurück. Sofort. Überwachungskameras auf dem Klo sind keine gute, sondern eine echt bescheuerte Idee. Wer will schon auf dem stillen Örtchen gefilmt werden? Ganz sicher niemand. Und wer auch immer sich solche Videobänder ansehen muss, tut mir richtig leid.

Es muss doch eine andere Möglichkeit geben herauszufinden, was gestern mit Pauline passiert ist. Wer hat sie im Klo eingesperrt und wieso? Versucht sie etwa, den Übeltäter zu decken? Außerdem müsste eigentlich irgendjemand etwas mitgekriegt haben. Die Jungs hatten gestern Nachmittag Sport, bei uns Mädchen ist der Unterricht ausgefallen. Da ich in Englisch neben Ernst sitze, beschließe ich, ihn zu fragen. Er und seine Kumpels verirren sich nämlich ganz gerne mal aufs Mädchenklo, um Kaugummi zu stibitzen. Manchmal legen sie auch Plastikspinnen auf die

Toilettendeckel und freuen sich diebisch über unser Gekreische. Jungs eben.

»Psst. Ernst«, flüstere ich und beuge mich etwas zu ihm hinüber, ohne dabei Frau Kümmel, die Englischlehrerin, aus den Augen zu lassen. Flüstern ist gefährlich, vor allem wenn man in der zweiten Reihe sitzt. »Ernst, ich habe eine Frage. Eine wirklich dringende.«

»Kann jetzt nicht. Ich muss aufpassen«, knurrt Ernst zurück und starrt in sein Englischbuch. Wie immer hat er es aufgeschlagen auf das Pult gestellt und seinen Kopf dahinter versteckt, als wollte er mit dem zerfledderten Schulbuch einen Schutzwall zwischen sich und Frau Kümmel errichten.

»Als ob dich Englisch interessieren würde«, gebe ich zurück und ziehe ihm das Buch weg. Mit einem Schlag wird Ernst nervös. Blitzschnell lässt er sein Handy unter dem Tisch verschwinden und lächelt unschuldig in Frau Kümmels Richtung. Seit Wochen ist er süchtig nach einem neuen Handyspiel, in dem Dinosaurier schwerelos durchs Weltall fliegen und Roboter fressen.

»Hey, sag mal, spinnst du?«, flucht Ernst. »Das kostet mich meine kompletten Punkte. Jetzt muss ich einen neuen Tyrannosaurus Rex züchten, um die feindlichen Cyborgs zu vernichten. Und das nur deinetwegen!« Er versucht, unter dem Tisch nach mir zu treten, verfehlt mich aber. »Ich hasse dich, Chloé.«

»Handys sind sowieso eklig«, erkläre ich, als Ernst das Telefon in seinen Schulrucksack pfeffert. »Wusstest du zum Beispiel, dass sich auf der Oberfläche eines durchschnittlichen Handys circa zweihundertmal so viele Bakterien tummeln wie auf einer Klobrille?«

»Du immer mit deinen Klo-Fakten«, schnaubt Ernst und zieht seine Baseballmütze tiefer in die Stirn, als wollte er sich darin verstecken. »Dank dir weiß ich Dinge übers stille Örtchen, die ich nie im Leben wissen wollte.«

»Genau darum dreht sich meine Frage: das stille Örtchen! Auf dem Mädchenklo ist gestern etwas vorgefallen, das mir Rätsel aufgibt und bei dem du mir weiterhelfen könntest.«

Jetzt zieht Ernst die Augenbrauen hoch. »Ich? Chloé, du redest gerade vom *Mädchen*klo! Vielleicht ist es dir ja entgangen, aber wir Jungs müssen schon seit Anfang des Schuljahres diese unsäglichen Mobiltoiletten unten bei den Mülltonnen benutzen. Dort stinkt es bestialisch, das ist menschenverachtend!«

Ich muss kichern, obwohl ich eigentlich Mitleid mit Ernst und den anderen Jungs haben müsste. Angeblich sollte das nagelneue Jungsklo nach den Sommerferien fertig sein, aber im Moment befindet sich dort immer noch eine riesige Baustelle. Unser Direktor macht aus den Plänen für das Jungsklo ein großes Geheimnis und natürlich hoffen alle, dass es ein ebenso glänzender, wundervoller Ort werden wird wie das Mädchenklo. Bis dahin müssen die Jungs allerdings mit den Mobiltoiletten vorliebnehmen, und je kälter es draußen wird, desto weniger passt ihnen das.

»Ja, ich weiß, Ernst«, sage ich und tue so, als täte mir der arme Ernst schrecklich leid. »Aber du musst mir helfen. Es geht um einen Überfall. Ein Überfall auf dem Klo.«

Ich hatte gehofft, damit Ernsts Interesse zu wecken, aber der gähnt nur müde vor sich hin. »Ein Überfall? Etwa Klopapierraub?« Er tut so, als fische er nach seinem Handy. »Warte. Ich rufe mal schnell Sherlock Holmes an.«

»Quatsch. Klopapier gibt's genug«, sage ich, und stelle mir vor, wie Sherlock Holmes mit seiner Lupe auf der Suche nach geraubten Klopapierrollen unser Schulgebäude durchstreift. »Jemand wurde über Nacht gewaltsam auf dem Klo festgehalten.«

»Ach?« Nun scheint Ernst wirklich interessiert. »Und da bist du dir wirklich sicher?«

»Ich schwöre«, sage ich und hebe feierlich die Hand. »Auf Cloacina, die Kloakengöttin.«

Jetzt muss Ernst grinsen. Die Sache mit der Kloakengöttin muss ich euch unbedingt erzählen. Von unserem Geschichtslehrer haben wir nämlich erfahren, dass die alten Römer tatsächlich einen eigenen Kloakengott hatten. Danach haben wir wochenlang gerätselt, wie der wohl heißen könnte. Ich tippte auf »Toilettikus« und »Lokus«, Ernsts Vorschläge waren noch viel widerlicher. Inzwischen wissen wir, dass es kein Kloakengott, sondern eine Kloakengöttin namens Cloacina war. Auf Cloacina schwören wir nur, wenn es uns wirklich ernst ist. Wenn man lügt, so glaubt Ernst, rächt sich Cloacina – und wer will schon wissen, wie die Rache einer Kloakengöttin aussehen könnte? Ich jedenfalls nicht.

»Wer wurde denn festgehalten?«, erkundigt sich Ernst.

»Ich sag's dir. Aber du darfst es niemandem verraten.«

»Ja, ja.«

»Schwörst du?«

»Auf Cloacina.« Ernst hebt feierlich die Hand. »Und jetzt sag schon.«

»Okay. Es war Pauline.«

»Oh.« Ernst dreht sich um und guckt in die fünfte Reihe, wo Pauline gerade gelangweilt mit Filzstift Figuren auf die Tischplatte zeichnet. Das ist natürlich verboten, aber Pauline scheint das nicht zu kümmern. »Ja. Pauline ist schräg.«

»Schau nicht so auffällig hin!«, ermahne ich ihn.

»Ja, ja.« Er scheint zu überlegen. »Und? Wer hat sie auf dem Klo eingesperrt?«

»Ich dachte, du wüsstest das.«

»Ich? Warum ich?«

»Ihr hattet doch gestern Nachmittag Sport.«

»Pff, na klaro! Und da unser Sportunterricht immer auf dem Mädchenklo stattfindet, weiß ich auch ganz genau, was passiert ist«, brummt Ernst missmutig. »Chloé, warum glaubst du eigentlich, dass ein Junge Pauline eingesperrt hat? Für den Fall, dass du es noch nicht kapiert hast – Jungs haben keinen Zutritt zum Mädchenklo. Das ist die verbotene Zone.«

Jetzt muss ich lachen. »Als ob ihr Jungs nie heimlich aufs Mädchenklo schleichen würdet, um uns dort Streiche zu spielen«, rufe ich empört. »Was ist mit den Gummispinnen? Und hast du etwa vergessen, wie ihr Schokoladenpudding in die Toilettenschüsseln gekippt habt und jeder dachte, es wäre –«

»Ernst! Chloé!« Vor lauter Empörung ist mir gar nicht

aufgefallen, dass Frau Kümmel direkt vor unserem Pult steht. »Wie schön, dass euch die Abenteuer von Huckleberry Finn so sehr interessieren, dass ihr nicht aufhören könnt, darüber zu sprechen.«

Huch! Siedend heiß fällt mir ein, dass wir als Hausaufgabe einige Kapitel aus *Huckleberry Finn* lesen sollten. So ein Mist. Ich beschließe zu bluffen.

»Ja. Es ist ein wirklich ganz tolles Buch«, antworte ich mutig. Vielleicht klappt es ja und unsere Englischhexe merkt nicht, dass ich gar keine Ahnung habe. »Großartig. Ein wahres Meisterwerk.«

»Ja?« Frau Kümmel mustert mich eindringlich und kommt noch näher. »Dann kannst du uns sicher erzählen, worum es in dem Buch geht.«

Meine Hände beginnen zu schwitzen. Komm schon, Chloé, sage ich zu mir selbst. *Die Abenteuer des Huckleberry Finn.* Irgendetwas musst du doch über dieses Buch wissen. Fieberhaft überlege ich, ob ich nicht wenigstens eine Verfilmung kenne, aber ich kann mich einfach nicht erinnern.

»Also, es geht um Abenteuer«, stottere ich los. Angelique, die zwei Reihen weiter rechts sitzt, beginnt zu kichern. »Abenteuer, die dieser Junge erlebt. Finn. Finn erlebt also diese Abenteuer –«

»Huck«, macht Frau Kümmel plötzlich.

»Gesundheit«, antworte ich, weil ich denke, dass Frau

Kümmel geniest hat. Kein Wunder bei ihrer großen Nase. Angelique kichert noch lauter und selbst Ernst grinst jetzt blöd.

»Huck«, macht Frau Kümmel erneut. »Der Vorname des Jungen aus dem Buch ist Huckleberry.«

»Oh.«

»Hast du das Buch überhaupt gelesen, Chloé?«, will Frau Kümmel jetzt wissen.

Ich spüre, wie ich immer verlegener werde. Verdammt! In der 6b gibt es einen Jungen namens Finn, deswegen habe ich angenommen, das sei auch der Vorname des Jungen aus dem Buch. Ich meine, wer um alles in der Welt heißt denn Huckleberry? Der Name ist ja noch schlimmer als Ernst.

Nur leider hat ausgerechnet Ernst die richtige Antwort parat. Nachdem ich mich von meiner Blamage erholt habe, stelle ich fest, dass Ernst Fröhlich neben mir der Englischhexe gerade mit einem fetten Grinsen den gesamten Inhalt des Buches erzählt. Er berichtet von Huckleberry Finn, Tom Sawyer, dem Mississippi und sogar von der Sklaverei, die in dem Buch behandelt wird. Abschließend nennt er das Buch eines der bedeutendsten Werke eines amerikanischen Autors.

Ich bin platt. Aber nicht nur ich, auch Frau Kümmel macht gerade ein ziemlich erschrockenes Gesicht. Es sieht in etwa so aus, als hätte sie einen Frosch verschluckt.

»Na, sieh mal einer an.« Endlich verlässt sie unseren Tisch und dackelt zurück ans Lehrerpult. »Damit bist du gerade noch einer Stunde Nachsitzen entkommen, Ernst. Und du, Chloé, wirst heute Nachmittag länger bleiben und die Zeit nutzen, um das Buch zu lesen.«

Angelique kichert erneut, doch diesmal fährt Frau Kümmel dazwischen. »Ruhe jetzt, Angelika«, bellt sie.

»Ich heiße Angelique«, verbessert Angelique, doch das bekomme ich alles nur zur Hälfte mit. Denn ich bin stinkwütend auf Ernst!

Nur weil er die sechste Klasse wegen Mathe wiederholt, kennt er den gesamten Englischstoff schon und kann somit seelenruhig sein dummes Handyspiel spielen, ohne etwas zu verpassen. Wie ungerecht!

Während Frau Kümmel nun wieder andere Schüler mit Fragen bombardiert, beschließe ich, mir eine neue Sitznachbarin zu suchen. Mein Blick streift Pauline, die sich als Einzige ihr Pult mit niemandem teilen muss.

Dabei fällt mir wieder ein, warum ich überhaupt erst in Frau Kümmels Visier geraten bin – Paulines Problem! Vielleicht ist es gar keine so schlechte Idee, heute nachzusitzen, schießt es mir durch den Kopf, während Ernst sein Handy zückt und einfach weiterspielt. Wenn Pauline ihren Peiniger nicht verraten will, werde ich heute Nachmittag beim Nachsitzen einfach selbst herausfinden, wer hinter dem Überfall steckt – und ihn oder sie beim Direktor verpetzen.

Streiche hin oder her – das geht nun wirklich zu weit. Es ist Zeit, unser schönes Schulklo wieder zu einem friedlichen Ort zu machen.

EnzyKLOpädie

Kloweisheit #1:

Wusstet ihr, dass jeder Mensch im Durchschnitt ganze drei Jahre auf dem Klo verbringt? Drei Jahre! Das ist doch ganz schön lang! Männer sitzen übrigens länger auf dem Klo als Frauen. Und weil drei Jahre ja eine ganz schön lange Zeit sind und in die Luft starren bestimmt langweilig ist, lesen die meisten Menschen während der Sitzung auf dem Klo übrigens Zeitung. Viele Leute tippen sogar SMS in ihr Handy. Irgendwie schräg, findet ihr nicht?

Enthüllungen

Bevor ihr etwas sagt – ich weiß, was ihr jetzt über mich denkt. Bestimmt haltet ihr mich für total dämlich. Aber bis auf diese kleine Ausnahme gerade eben bin ich eigentlich gar nicht so dusselig, wie es auf euch den Eindruck machen muss.

In Wahrheit weiß ich sogar sehr viele Dinge. Katja bezeichnet mich manchmal als wandelndes Lexikon, weil sich in meinem Kopf unbeschreiblich viel unnützes Wissen sammelt. Zum Beispiel über Toiletten. Blöd nur, dass man diese Art von Wissen in der Schule absolut nicht gebrauchen kann. Und solange es noch kein Fach namens »Toiletten- und Sanitärkunde« gibt, werde ich leider in den anderen Fächern trotzdem nur durchschnittlich gut sein.

Dabei findet sogar Ernst »Toiletten- und Sanitärkunde« äußerst wichtig und hat sich vorgenommen, einen Brief an den Bundesschulinspektor zu verfassen, um, wie er selbst sagt, die »Wichtigkeit dieses Faches zu unterstreichen«. Falls ihr jetzt denkt, dass ein solches Unterrichtsfach wohl unnötiger nicht sein könnte – noch unnötiger als Mathe –, dann sollte euch Ernst mal seine Geschichte vom letzten Italienurlaub erzählen. Aber da Ernst, wie ihr ja wisst, mit fiesen Tricks dem Nachhilfeunterricht entkommen ist und nun zu Hause auf seinem Sofa Dinosaurier züchtet, um damit das Weltall zu retten, erzähle ich euch die Geschichte ganz einfach selbst:

Alles begann, na ja, mit einem dringenden Bedürfnis: Ernst machte mit seinen Eltern eine Busrundreise, als er während der Fahrt merkte, dass er ganz dringend aufs stille Örtchen musste. An dieser Stelle hat mir Ernst ausführlich von der Pizza Diavolo erzählt, die er unmittelbar davor gegessen hatte, aber ich glaube, es ist nicht notwendig, das zu wiederholen. Jedenfalls musste der Bus wegen Ernsts … Bedürfnis in einem Dorf halten und Ernst machte sich, so schnell er konnte, auf den Weg zum nächsten Klo. Und weil Ernst kein Wort Italienisch versteht (mal abgesehen von den Speisen auf der Karte unserer örtlichen Pizzeria), hielt er nach Symbolen Ausschau, die auf öffentliche Toiletten hindeuteten.

Und tatsächlich fand er etwas. Es war ein Symbol eines Mannes, der in Lufthocke zu sehen war, darunter stand in großen Buchstaben WC. Ernst hatte das Symbol zwar

noch nie gesehen, aber die Buchstaben darunter schienen doch eindeutig zu sein. Wenige Minuten später war Ernst am Ziel: Blöd nur, dass die Toilette eigentlich keine war – Ernst war auf einem Steh-WC gelandet. Da befand sich bloß ein Loch im Boden, ähnlich dem Abfluss einer Duschtasse. Sonst nichts.

Man muss sich nur mal Ernsts Gesicht vorstellen. Stehtoiletten sind in Italien ziemlich häufig, aber das wusste Ernst damals noch nicht. Ob er das WC tatsächlich benutzt hat, verrät er bis heute nicht, aber seitdem ist er der festen Überzeugung, dass »Toiletten- und Sanitärkunde« in jedem Gymnasium unterrichtet werden sollte.

Vielleicht hätte es aber auch einfach gereicht, Italienisch zu können und nach einer Sitztoilette zu fragen, habe ich eingewandt, aber Ernst hat das nicht gelten lassen.

Ob Frau Kümmel ein solches Fach wohl auch befürworten würde?, überlege ich vor mich hin. Bestimmt fände sie die Idee blöd – erst recht, wenn sie von mir käme. Denn seit geschlagenen vierzig Minuten beobachtet sie mich mit lauerndem Blick vom Lehrerzimmer aus. Sie hat extra die Tür in den Flur offen gelassen, damit sie sehen kann, ob ich tatsächlich lese.

Das tue ich natürlich. Aber weil ich mich leider leicht ablenken lasse, gleitet mein Blick von der ledernen Sitzgruppe vor dem Lehrerzimmer, wo mich Frau Kümmel hingesetzt hat, immer wieder in Richtung der Tür des Mädchenklos. Ob die Toiletten leer sind? Oder ist gerade jemand in unserer Schule drauf und dran, Pauline erneut eins auszuwischen?

Um das herauszufinden, muss man bloß ein guter Beobachter sein. Ich habe da nämlich so eine Theorie. Wollt ihr sie hören? Bestimmt wollt ihr das, sie ist nämlich richtig gut. Mädchen, die tatsächlich nur die Toilette benutzen möchten, gehen hier im Notburga-von-Sorgenfrey-Gymnasium stets alleine aufs Klo. Meistens haben sie es eilig und tatsächlich sieht man sie nach wenigen Minuten zurück in die Klassen laufen.

Nicht so bei Mädchen, die in Gruppen auf die Toilette gehen. Hier geht es in den seltensten Fällen ums »Geschäft«. Sondern um viel interessantere Dinge: Geheimnisse, die ausgetauscht werden. Hausaufgaben, die abgeschrieben werden. Botschaften, die auf Klowände gekritzelt werden. Was ich eigentlich sagen möchte, ist: Wenn Mädchen in Gruppen aufs Klo gehen, dann hat das einen besonderen Grund. Und zwar nicht »Ich muss mal ...«, sondern eher: »Ich muss mal ... dringend mit dir sprechen.« Oder »... deine Hausaufgabe abschreiben«. Oder »... dir erzählen, was mir Jens, Sven, Kevin oder Stefan neulich per SMS geschrieben hat«. Für Jungs-Gespräche eignet sich das Mädchenklo natürlich auch hervorragend, der Grund dafür ist euch bestimmt klar: Hier gibt es keine Jungs. Meistens zumindest – wenn sie nicht gerade Schokoladenpudding in unsere Toilettenschüsseln kippen.

Vielleicht finde ich heute mit etwas Glück heraus, wer hinter dem Übergriff auf Pauline steckt. Denn obwohl wir bereits die neunte Schulstunde haben, ist in der Schule und auf den Toiletten immer noch viel los – viele meiner Mitschüler besuchen um diese Uhrzeit noch verschiedenste Wahlfächer oder AGs. Hier kann man, wenn man will, den ganzen Tag lernen. Man kann sich freiwillig für Fremdsprachen, Aquaristik oder die Theater-AG anmelden. Der neueste Trend unter den Schülern der sechsten Klasse ist übrigens der Chinesisch-Anfängerkurs, der seit September angeboten wird. Das liegt hauptsächlich an Herrn Wong, dem Lehrer, der, wenn man den Jungs glaubt, genauso aussieht wie Bruce Lee.

In diesem Moment läutet die Schulglocke und beendet

die neunte Stunde. Die Tür zu Herrn Wongs Klassenzimmer wird aufgerissen und ich höre Stimmen durchs Treppenhaus. Kurz darauf sehe ich am Ende des Ganges Jacqueline und Marie, zwei Mädchen aus meiner Klasse, die nicht unbedingt zu meinen Freundinnen zählen. Sie schlendern in Richtung Mädchentoilette. Jetzt gesellt sich auch Angelique zu ihnen, ihre Cousine und die Anführerin ihrer kleinen Gruppe. Ich konnte Angelique noch nie so wirklich leiden, aber seit sie mich heute im Englischunterricht ausgelacht hat, hat sie es sich endgültig mit mir verscherzt.

In diesem Moment hebt Frau Kümmel im Lehrerzimmer den Kopf. »Wie geht es dir mit dem Buch, Chloé? Kommst du voran?«

In Wirklichkeit will sie natürlich nicht wissen, wie es mir geht. Sie will mich bloß daran erinnern weiterzulesen. Vermutlich ist ihr aufgefallen, dass ich schon eine ganze Weile die Klotür anstarre, anstatt mich auf mein Englischbuch zu konzentrieren.

»I am fine, Miss Kümmel«, antworte ich auf Englisch, etwas, das sie sehr gerne mag. Ein bisschen schleimen schadet nicht, immerhin hätte ich am Ende des Jahres gern eine Zwei im Zeugnis. »Oh, und darf ich vielleicht kurz auf die Toilette gehen?«

Ich frage, obwohl ich gar nicht muss. Denn mir ist aufgefallen, dass Angelique und ihre Cousinen, die sich immer noch auffallend langsam in Richtung Klo bewegen, auf Französisch miteinander sprechen. Das muss man sich mal vorstellen!

Bevor ihr mich jetzt für irre haltet: Natürlich ist es an unserer Schule erlaubt, sich auf Französisch zu unterhalten. Angelique ist, genau wie ihre Cousinen, zweisprachig aufgewachsen und die drei halten sich deshalb für superklug. Angelique behauptet vor den Lehrern stets, dass sie später Botschafterin werden möchte, damit es keinen Krieg mehr auf Erden gibt. Dazu klimpert sie mit ihren langen Wimpern und guckt furchtbar mitleiderregend. Frau Berger, die dicke Deutschlehrerin, hat vor Rührung beinahe geheult. Dabei weiß doch jeder, dass Angelique Hollywood-Schauspielerin werden möchte und keineswegs vorhat, sich für den Frieden auf Erden einzusetzen. Ganz miese Tricks sind das!

Ach, ich schweife ab. Was ich eigentlich sagen wollte, ist: Wenn Angelique und ihre Cousinen Französisch reden, dann ist höchste Vorsicht geboten. Dann möchten sie nämlich nicht, dass man sie versteht. Und nach dem, was gestern passiert ist, schrillen bei mir jetzt sämtliche Alarmglocken.

Gut, dass mir Frau Kümmel den Klogang erlaubt. Ich schaffe es gerade noch, durch die Tür zu schlüpfen, bevor mich Angelique und ihre Clique entdecken.

Meine Gedanken fahren Karussell. Hat Angelique den

Anschlag auf Pauline verübt? Ich weiß zwar, dass das Mädel nicht alle Tassen im Schrank hat. Angelique hält sich für hyperintelligent, wunderschön und kann sogar auf Knopfdruck heulen. Ich schätze, so etwas muss man als Hollywood-Schauspielerin können. Aber welchen Grund gäbe es für sie und ihre Cousinen, Pauline fertigzumachen?

»Kontrolliert, ob wir die Einzigen sind«, ertönt Angeliques Stimme durchs Mädchenklo.

Ich habe mich in einer Kabine versteckt, die normalerweise nicht benutzt wird. Weil sich darin zwei Toiletten befinden.

Bevor ihr jetzt staunt: In manchen Ländern gibt es tatsächlich öffentliche Toiletten, wo sich in ein und derselben Kabine zwei Schüsseln befinden. In Amerika zum Beispiel. Die kann man dann gemeinsam mit seiner besten Freundin benutzen, so hat es sich zumindest unser Direktor gedacht. Vielleicht hätte er uns vorher mal fragen sollen. Denn wie zu erwarten, wird diese Kabine nie benutzt. Und auch Marie vergisst, sie zu kontrollieren. Glück gehabt.

Jetzt bleibt nur zu hoffen, dass die drei nicht wieder Französisch reden. Sonst verstehe ich nämlich kein Wort. Mir reicht schon der Englischunterricht bei Frau Kümmel. Vorsichtig linse ich durch den Spalt der Kabinentür.

»Okay. Gehen wir über zu Stufe zwei«, verkündet Angelique und nimmt auf dem Stuhl Platz, der sich neben den Schminktischen befindet.

»Und was ist Stufe zwei?«, erkundigt sich Marie gespannt.

»Das weiß ich noch nicht, meine Süße«, brummt Angelique und reibt sich angestrengt die Schläfen. »Lass lieber mal einen Kirsch-Kaugummi rüberwachsen. Dann kann ich besser denken.«

»Warum können wir sie nicht einfach in Ruhe lassen?«, meldet sich Jacqueline zu Wort. Jaqueline ist eher klein und etwas pummelig und die Ruhigste der Truppe. »Sie kann doch gar nichts dafür.«

»In Ruhe lassen? Ich glaube, du tickst nicht ganz richtig, meine Süße.« Angelique hat die fürchterliche Angewohnheit, alle Leute »meine Süße« zu nennen, auch wenn sie stinkwütend ist. Ich glaube, sie denkt, dass die Franzosen es genauso machen. »Pauline nervt. Meine Mama hält mir ständig Vorträge, dass ich mich mit ihr anfreunden soll. Aber eher gehe ich das ganze restliche Schuljahr freiwillig aufs Jungsklo.«

Ich schlucke. Aha. Es geht tatsächlich um Pauline. Und was war eigentlich Stufe eins? Waren es also Angelique und ihre Freundinnen, die Pauline auf der Toilette eingesperrt haben?

»War ja nur eine Idee«, antwortet Jacqueline jetzt kleinlaut.

Angelique steht auf und marschiert auf den pinkfarbenen Fliesen auf und ab. Ihre silbernen Stiefel klackern. »Wir könnten … ihren Schulrucksack klauen. Und mit ihren Büchern die Toilettenabflüsse verstopfen. Bestimmt bekommt sie dann mächtig Ärger.«

»Aber dann kauft ihre Mutter ihr einfach neue Bücher.«

»Da hast du recht. Vielleicht müssen wir uns etwas Fieseres einfallen lassen. Sie über Nacht auf der Toilette einzusperren, war schon eine ziemlich gute Idee von mir, aber das reicht einfach noch nicht. Vielleicht –«

Also doch! Vor lauter Zorn denke ich nicht nach, sondern stürze aus der Toilettenkabine und laufe auf die

Mädchen zu. Als mich Angelique sieht, fällt ihr vor Schreck der Kirsch-Kaugummi aus dem Mund.

»Gar nichts werdet ihr tun! Lasst Pauline in Ruhe«, rufe ich. Der Überraschungsmoment gehört mir, denn die drei starren mich immer noch verblüfft an, als hätte ich mich gerade aus dem Nichts materialisiert.

»Wo kommst du denn auf einmal her, Klothilde?«, wundert sich Angelique. Für einen Moment sieht sie ziemlich erschrocken aus.

»Chloé«, korrigiere ich, auch wenn ich genau weiß, dass mich Angelique nur Klothilde genannt hat, um mich zu ärgern. »Ich gehe jetzt zu Frau Kümmel und erzähle ihr, was ihr vorhabt. Und dass ihr Pauline über Nacht hier eingesperrt habt, erfährt sie auch gleich. Wenn Pauline euch schon nicht verpetzt, dann mach ich das.«

Eine Petze zu sein, ist uncool, schon klar. Aber bei Angelique ist schon längst mal ein ernstes Gespräch mit dem Direktor fällig. Nur weil ihre Mutter Vorsitzende des Elternvereins ist, muss ihre dumme Tochter sich ja nicht aufführen, als hätte sie hier das Sagen.

»Das wagst du nicht.« Angelique hat sich vor mir aufgebaut und stemmt die Arme in die Seiten.

»Doch.« Ich habe keine Angst vor Angelique. Sie sieht auch wirklich nicht zum Fürchten aus, mit ihrem blonden Pferdeschwanz und den glitzernden Klamotten. Außerdem riecht ihr Atem nach Kirsche.

»Das wäre ein großer Fehler.« Abwartend betrachtet Angelique ihre Nägel. »Und ich verrate dir auch, warum. Chloé, ich glaube, ich muss dir dringend beim Nachdenken helfen. Stell dir nur mal vor, der Direktor erfährt, dass jemand auf unserem tollen Mädchenklo eingesperrt wurde.« Sie deutete auf die Schminktische, dann weiter zum Sofa bis nach oben zum Kronleuchter. »Denkst du nicht, dass das Klo dann für unbestimmte Zeit geschlossen wird? Und selbst wenn es offen bleibt – die Lehrer werden es mitbenutzen, um uns zu überwachen. Um sicherzustellen, dass nie wieder jemand eingesperrt wird. Unser Mädchenklo wird dann zum neuen Lehrerklo.« Angelique wird immer lauter. »Willst du das, Chloé? Willst du das?«

»Nein!« Neben mir bekommt Jacqueline plötzlich einen Heulanfall. »Nein! Das wäre furchtbar. Dann müssen wir auch auf diese ekligen Plastikklos gehen. Mein Bruder sagt, die stinken so sehr, dass man Chemikalien ins Loch schütten muss, damit man den Gestank überhaupt erträgt.«

»Jetzt mach dir mal nicht ins Hemd«, schnaubt Angelique ihre Cousine an. »Chloé wird nichts sagen. Ihr ist das Mädchenklo ja noch viel wichtiger als uns. Immerhin hat sie am Welttoilettentag Geburtstag.« Sie kichert fies.

»Also hör mal! Der Welttoilettentag hat einen ernsten Hintergrund.« Mir platzt der Geduldsfaden. »Er soll darauf aufmerksam machen, dass viele Menschen keinen

Zugang zu sanitären Einrichtungen haben. Wusstest du eigentlich, dass es mehr Mobiltelefone auf der Welt gibt als hygienische Toi–«

»Hier steckst du!« In diesem Moment hat Frau Kümmel die Klotür aufgerissen. »Ich wusste doch, dass da etwas nicht stimmt.«

Ich kann noch nicht mal den Satz beenden, da schiebt mich die Englischhexe bereits zurück auf den Flur. Ich sehe gerade noch, wie Angelique und ihr doofes Grüppchen kichernd die Köpfe zusammenstecken, während mich meine Englischlehrerin aus dem Blickfeld zieht.

Von Nonnen und Gerüchten

Ich hätte da mal eine Frage an euch: Kennt ihr dieses doofe Gefühl, wenn euch die passenden Antworten auf Fragen erst Stunden später einfallen, während euch in dem entscheidenden Moment nur ein peinliches Stottern über die Lippen kommt? So ähnlich lief es bei mir, als mir die Englischhexe einen Vortrag darüber gehalten hat, dass es nicht okay ist, dass ich mich vom Nachsitzen weggestohlen habe, um mich auf dem Klo mit »Angelika und ihren Freundinnen zu treffen«.

»Ähm. I'm sorry, Miss Kümmel«, habe ich bloß auf Englisch gestammelt und reumütig geguckt. Dabei hätte ich unserer Lehrerin in diesem Moment so vieles erklären können: zum Beispiel, dass Angelique es hasst, Angelika genannt zu werden. Dann beginnt sie immer wütend zu schnaufen wie eine Dampflock, bekommt rote Wangen und sieht dabei aus wie der Wissenschaftler Bruce Banner aus dem Comic, bevor er sich vor lauter Wut in das grüne Monster Hulk verwandelt. Außerdem hätte ich Frau Kümmel ebenso entgegenschleudern können, dass Angelique und die zwei anderen Möchtegern-Französinnen weit entfernt davon sind, meine Freundinnen zu sein. Wer will denn schon mit Hulk befreundet sein?

»Was hast du eigentlich so lange auf dem Klo gemacht?«, wollte Frau Kümmel wissen und hat mich dabei fest ins Visier genommen. »Nur weil Direktor Oberhauser gern mit eurem Klo angibt, muss man dort nicht länger bleiben als, na ja, fürs Geschäft zwingend notwendig.«

An dieser Stelle habe ich dann auch noch gekichert, was Frau Kümmel noch wütender gemacht hat. Kichern muss ich nämlich immer, wenn von Direktor Oberhauser die Rede ist, denn dann muss ich an Ernst denken, der ihn immer »Direktor Oberhäusl« nennt.

Noch vor einiger Zeit wäre niemand auf die Idee gekommen, seinen Namen zu verunglimpfen. Oberhauser ist ein stinknormaler Nachname, wie man ihn in jedem Telefonbuch findet. Doch dann hat Direktor Oberhauser beschlossen, einen ganzen Sommer in einem Kloster zu verbringen, weil man sich dort angeblich besser vom anstrengenden Schulalltag erholen kann. Diese Geschichte erzählt er uns Schülern jedes Mal zum Schuljahresanfang. Ernst kennt sie also schon in- und auswendig.

In dem Kloster gibt es kein Fernsehen, kein Internet,

keine Handys und natürlich auch kein Facebook und kein WhatsApp.

Ernst hat an dieser Stelle mit den Augen gerollt und gemeint, da hätte der Oberhäusl auch gleich im Gefängnis Urlaub machen können, wäre billiger gewesen. Ich hätte ihm beinahe recht gegeben, aber im Gefängnis hätte Direktor Oberhauser wohl nie von Notburga von Sorgenfrey erfahren.

Notburga von Sorgenfrey war eine Nonne. Genauer gesagt, eine Nonne aus dem Mittelalter, der ständig langweilig war und die viele Bücher geschrieben hat. Ihre Bücher handelten von vielerlei Dingen: gesunde Ernährung, Erziehung und davon, wie man es schaffen könne, intelligent zu sein und sich möglichst viel zu merken. Und das ist noch nicht alles: Notburga schrieb auch über Klos. Ja, ihr habt richtig gelesen. Über Toiletten. Latrinen. Stille Örtchen. Oder wie auch immer ihr dazu sagen wollt. Notburga von Sorgenfrey war … die Erfinderin des Wasserklosetts.

Bevor ihr jetzt gleich ins Internet geht, um meine Geschichte über Notburga und ihre Erfindung zu überprüfen – lasst euch sagen, dass man im Internet und auch in Geschichtsbüchern rein gar nichts über die arme Notburga findet. Auf Wikipedia steht zum Beispiel, dass ein Mann namens Sir John Harington im Jahre 1596 das Wasserklosett erfunden hat. Doch aus Notburgas Büchern geht hervor, dass sie die Idee mit der Spülung schon viel früher hatte. Leider fand niemand aus ihrem Umfeld das Wasserklosett gut, deshalb geriet die Erfindung gänzlich in Vergessenheit. Dabei war Notburga felsenfest davon überzeugt, dass ein komfortables Wasserklosett die Verdauung eines Menschen positiv beeinflusse, was wiederum Auswirkungen auf die Gehirnleistung haben kann. Oder um es mit Ernsts Worten zu formulieren: Wer gut verdaut, seine Tests nicht versaut.

Notburga ist sogar so weit gegangen, sich ein eigenes Wasserklosett im Kloster errichten zu lassen. Der Raum war riesengroß, mit brennenden Kerzen und teuren Gemälden dekoriert und mit Bärenfellteppichen ausgelegt. Kurz gesagt: für mittelalterliche Klöster richtig luxuriös. Notburga selbst nahm sich für jeden Toilettengang eine Menge Zeit und war davon überzeugt, dass sie der Besuch »ihres« WCs die Sorgen des Alltags vergessen ließ. Notburga wurde hundertvierzehn Jahre alt.

An dieser Stelle dürfte es in dem Kopf unseres Direktors »Klick« gemacht haben. Er hatte beschlossen, Notburgas Lebensphilosophie zu folgen, die besagte: Ein schönes Klo und Sonnenschein, mehr brauchst du nicht zum Glücklichsein. Prompt hat der Direktor die Schule der Nonne gewidmet und den Grundstein für das wohl schönste Klo der Welt gelegt: die Mädchentoilette unserer Schule. Sogar die Regionalzeitung hat darüber berichtet, als sie eröffnet wurde.

Direktor Oberhauser würde es bestimmt gut gefallen, dass ich mich so gerne auf der Toilette aufhalte. Das hätte ich Frau Kümmel zum Beispiel entgegnen können, als sie mich am Nachmittag in die Mangel genommen hat. Nur leider fällt mir das alles erst jetzt ein! Ist doch wieder einmal typisch.

Ein Glück, dass Frau Kümmel Mama und Papa nicht informiert hat. Trotzdem habe ich mich abends in meinem Zimmer am Telefon bei Ernst über unsere Englischhexe beschwert, doch der hat nur geantwortet, dass Lehrer einfach immer gewinnen, ganz egal, wie ungerecht die Sache auch sein möge. Das sei der »Ernst des Lebens«. Dann hat er ganz lange dämlich gelacht, bis es mir gereicht hat und ich einfach aufgelegt habe.

Heute Morgen allerdings kommt mir die Vermutung, dass Ernsts Theorie wohl nicht ganz stimmt. Vielleicht ist das Leben doch manchmal gerecht. Denn auf der Wand des Mädchenklos erwartet mich eine Überraschung. Jemand hat mit rotem Filzstift eine Botschaft auf die Klowand geschmiert:

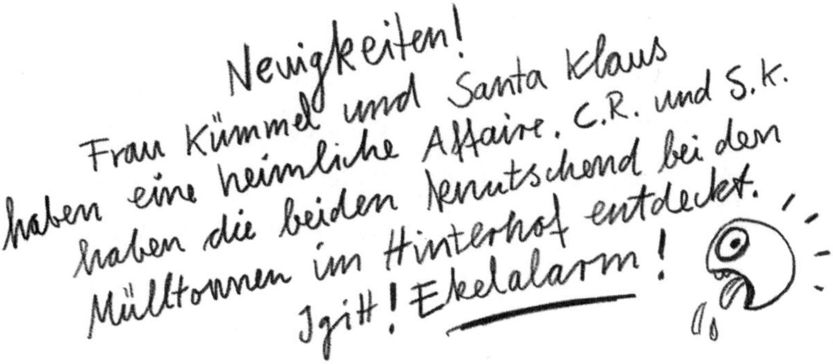

»Würg! Mir kommt gleich das Frühstück hoch. Santa Klaus und die Englischhexe?«, murmelt Katja neben mir und steckt sich demonstrativ den Finger in den Hals. »Was denkt ihr, wer das geschrieben hat? Einer von den Jungs?«

»Nein, die Handschrift sieht nach Mädchen aus«, analysiert Melanie und greift nach dem Schwamm, der neben der Klowand baumelt. »Bestimmt ist das bloß ein übler Scherz. Kommt, wir löschen es.«

Bevor ihr euch jetzt wundert – Direktor Oberhäusl erlaubt uns, die Toilettenwände zu beschriften. Er ist zu dem Schluss gekommen, dass Verbote die Schüler dazu veranlassen, etwas erst recht zu tun (Ernst ist das beste Beispiel), und deshalb gibt es auf unserem Klo wasserlösliche Stifte und Schwämme, mit denen man das Gekritzel auch wieder abwischen kann. Ziemlich praktisch, finde ich, man muss ja auch nicht jeden Blödsinn auf den Klowänden stehen lassen. Neulich zum Beispiel stand da in krakeliger Jungs-Handschrift: »Du musst mal und hast kein Papier, dann nimm den Wimpel von Schalke 04.« Das haben wir Mädchen natürlich sofort weggewischt.

»Lass es stehen«, beharre ich stattdessen. »Dass Frau Kümmel und Santa ein Paar sind, glaubt doch sowieso niemand! Und wenn es wirklich stimmt, geschieht es der dämlichen Englischhexe ganz recht, dass über sie getratscht wird. Santa Klaus ist zu bemitleiden.«

Kurz zur Erklärung: An unserer Schule unterrichtet natürlich nicht der echte Santa Claus. Aber unser Mathelehrer Willibald Klaus ist eine täuschend echte Kopie von ihm: Er hat weißes strubbeliges Haar, einen ziemlichen Bierbauch und außerdem einen langen Rauschebart. Wenn er dann zufällig noch rote Klamotten anhat, sieht er tatsächlich aus wie der echte Weihnachtsmann.

»Natürlich stimmt das Gerücht! Alles, was auf Klowänden steht, ist wahr«, beharrt Katja und stemmt die Arme in die Hüften. »Wisst ihr noch, als sich letzten Winter über die Klowände das Gerücht verbreitet hat, Herr Klaus würde im Einkaufszentrum als Weihnachtsmann jobben? Das hat doch auch gestimmt. Ich finde, wir sollten es stehen lassen, wie Chloé vorgeschlagen hat.«

»Außerdem haben wir andere Probleme«, gebe ich zu bedenken. »Habt ihr etwa vergessen, was ich euch vorhin über Angelique und ihre dusselige Clique erzählt habe? Sie haben Pauline auf dem Klo eingesperrt! Vielleicht planen sie noch etwas Schlimmeres. Das müssen wir unbedingt verhindern!«

Katja rollt mit den Augen und wirft sich aufs Sofa. »Sehe ich etwa aus wie die Schulpolizei, oder was? Pauline kommt schon alleine klar. Wir sollten uns da raushalten.«

Hilflos sehe ich zu Melanie. »Was meinst du dazu?«

Melanie kaut auf ihren Lippen herum, etwas, das mir gar nicht gefällt. Außerdem weicht sie meinem Blick aus. »Ich habe eigentlich keine Probleme mit Angelique. Ich meine, natürlich ist sie eine dumme Ziege, aber immerhin nennt sie mich jetzt nicht mehr Sprossenvisage, wie letztes Jahr.«

Schockiert starre ich meine beiden besten Freundinnen an, die unbeteiligt auf dem Sofa sitzen, als ginge sie das alles gar nichts an. Katja tippt jetzt auf ihrem Smartphone herum, während Melanie Kater Giovanni streichelt, der gerade neben sie aufs Sofa geklettert ist und genüsslich schnurrt.

Seit dem Kindergarten sind wir drei Freundinnen, aber so stur habe ich die beiden noch nie erlebt. Katja ist besonders schlagfertig und cool und Melanie ist clever und hat die besten Noten. Sie könnten unterschiedlicher nicht sein – nur ausgerechnet jetzt sind sie sich einig: Beide haben nicht die geringste Lust, Pauline zu helfen.

Mir kommt eine neue Vermutung. »Habt ihr etwa Angst vor Angelique?«, frage ich und sehe die zwei vorwurfsvoll an. »Ihr könnt doch nicht zulassen, dass jemand unser Klo benutzt, um einen armen Menschen zu quälen! Angelique macht aus unserem paradiesischen Klo eine ... eine Folterkammer! Sie verwandelt es in einen Ort des Schreckens, den niemand mehr betreten will.« Ich schneide eine gruselige Grimasse. »Unser Klo wird zu ... MORDOR!«

»Jetzt übertreib mal nicht, Chloé.« Katja muss kichern, immerhin ist *Herr der Ringe* ihr Lieblingsfilm. »Angelique ist einfach ein dummes, verwöhntes Mädchen, das eine Vorliebe für glitzernde Einhörner hat und dessen Papa ihm alles kauft, was es sich wünscht. Vermutlich ist sie bloß ein wenig säuerlich drauf, weil sie statt dem neuen iPhone in Gold eins in Schwarz bekommen hat. Oder weil der Speicherplatz von dem Ding bereits voll ist und sie keine Selfies mit Kussmund mehr von sich machen kann.«

»Oder sie ist sauer, weil ihr eine Taube auf ihre neuen Designerstiefel gekackt hat«, kichert Melanie.

»Oder weil ihr teures E-Bike einen Platten hat. Oder weil sie ihr französisches Quellwasser und das Kaviarbrötchen daheim vergessen hat und nun aus der Leitung trinken muss«, macht Katja weiter.

»Oder –«

»Genug jetzt!«, fahre ich wütend dazwischen. »Das ist nicht lustig. Es geht immerhin um ein ernstes Thema. Um die Sicherheit unserer Mitschülerin Pauline. Und natürlich um unser schönes –«

Ausgerechnet in diesem Moment wird die Tür geöffnet und eine Gruppe Mädchen aus der achten Klasse betritt kichernd unsere Toilettenlobby. Na toll. Vor Publikum habe ich keine Lust, über Pauline und Angelique zu reden, also mache ich beleidigt kehrt und stürme aus der Toilette.

Ich muss Pauline finden. Auch wenn sie mit mir nichts zu tun haben will, möchte ich sie warnen. Nur leider kann ich sie nirgends entdecken: weder am Frühstücksbüfett in der Cafeteria noch bei der Garderobe und auch nicht auf ihrem Platz im Klassenzimmer. Gut möglich, dass sie krank ist.

Vielleicht komme ich aber auch schon zu spät und Angelique hat wieder zugeschlagen. Womöglich hat sie Pauline wieder eingesperrt. In den Umkleidekabinen vor dem Turnsaal. Oder im Biologie-Mehrzweckraum, wo es widerlich stinkt, weil die Lehrer dort gruselige ausgestopfte Tiere lagern. Oder, und das wäre am schlimmsten, in eine der Mobiltoiletten, die die Jungs benutzen müssen. Da drin hält man es maximal eine Minute bei lebendigem Leibe aus, bevor man wegen einer Überdosis Gestank ohnmächtig wird. Oh Gott.

Gerade als ich über die Treppe nach unten in Richtung der Jungstoiletten stürmen möchte, komme ich an einigen Schülern aus den höheren Klassen vorbei. Einige von ihnen tuscheln ganz aufgeregt, andere tippen wild auf ihren Handys herum. Irgendetwas gefällt mir daran nicht. Geht es etwa um Pauline? Komme ich tatsächlich zu spät?

Im Erdgeschoss läuft mir Ernst entgegen. Vermutlich kommt er gerade von den Jungstoiletten, denn seine blonden Haare kleben ihm am Kopf, weil es draußen wie aus Eimern regnet. Er sieht fast ein bisschen bemitleidenswert aus, aber dafür habe ich jetzt keine Zeit.

»Ernst, hast du Pauline gesehen?«, bremse ich ihn. »Oder hast du vielleicht unten bei euren Toiletten etwas Auffälliges bemerkt?«

Ernst starrt mich mit großen Augen an. »Pauline? Wen interessiert schon Pauline! Es gibt doch viel Wichtigeres zu berichten. Chloé, hast du das mit Santa gehört? Er und die Englischhexe haben sich neulich geküsst. So richtig, mit Zunge. Jemand aus der Zehnten hat sogar behauptet, dass die beiden übers Wochenende in so ein beknacktes Pärchenhotel in den Schwarzwald gefahren sind.«

»Woher weißt du das?« Verblüfft starre ich ihn an. Das stand doch gerade erst heute früh auf der Klowand. »Warst du etwa wieder heimlich auf dem Mädchenklo?«

»Na klar! Ich war auf eurem heiligen gepolsterten Klo und hab dort gepinkelt wie der Kaiser von China.« Ernst brummt und deutet auf seine nassen Haare, die auf seine Schultern tropfen. »Sieh mich an, Chloé, natürlich war ich auf dem Jungsklo. Das Plastikdach des linken Klos ist kaputt. Wenigstens stinkt's bei Regen nicht ganz so extrem.«

»Schon okay. Kein Grund, gleich patzig zu werden.« Ich blicke ihn konzentriert an. »Haben wirklich schon alle die Botschaft auf der Klowand gelesen?«

»Keiner redet über was anderes«, erklärt Ernst. »Kevin und Paul haben es mir über WhatsApp erzählt, und Mark, der Schulsprecher, hat es sogar schon auf Facebook gepostet.« Er kichert. »Hoffentlich küssen sie sich nicht in der Öffentlichkeit. Und hoffentlich bekommen die beiden keinen Nachwuchs. Das werden dann kleine, dicke, bärtige … wie lautet eigentlich die Mehrzahl von Santa Klaus? Kläuse?«

Ich schweige und überlege. Also war es nicht Pauline, über die vorhin im Treppenhaus so aufgeregt getratscht wurde. Noch scheint nichts mit ihr passiert zu sein – auch wenn immer noch jede Spur von ihr fehlt.

»Wusstest du eigentlich, dass der Klaus ein Toupet trägt?«, plappert Ernst munter weiter. »Ich habe zwar keine Beweise, aber weißt du noch, neulich, als alle dachten, er hätte plötzlich Stirnfransen? Das waren keine Stirnfransen! Ich bin mir ziemlich sicher, dass er sein Toupet versehentlich falsch herum aufgesetzt hat.« Ernst lacht, dann gleitet sein Blick zur Eingangstür der Schule. »Oh, da ist

Pauline ja. Die hast du doch gesucht, oder? Sieht aus, als wäre sie bloß spät dran.«

Ich folge seinem Blick, und tatsächlich entdecke ich Paulines braunen krausen Haarschopf, der unter einem quietschgelben Regenmantel hervorschaut.

Im selben Moment guckt sie in unsere Richtung.

»Hallo, Pauline«, rufe ich und winke ihr freundlich zu. Pauline erwidert meinen Blick, doch dann runzelt sie die Stirn und streckt mir die Zunge entgegen.

»Sympathische neue Freundin hast du da«, meint Ernst. »Sieht zwar ein bisschen aus, als wäre sie aus einer Biotonne gekrabbelt, aber vielleicht sind Latzhosen, Schlabberpullis und knallbunte Perlen im Haar ja auch der letzte Schrei. Egal, warum willst du dich eigentlich unbedingt mit Fräulein Beißzange anfreunden?«

Ich versetze Ernst einen Schubs. »Jetzt fang du nicht auch noch damit an! Bestimmt ist sie im Grunde ihres Herzens ein … netter Mensch.«

Ganz ehrlich gesagt sind Pauline und ich wirklich ziemlich verschieden, schon allein optisch. Meine Haare sind dunkelbraun und glatt, ihre hellbraun und wild gelockt. Ich trage gerne bunte, mädchenhafte Kleidung, Pauline zieht meistens ausgefranste, viel zu große Jeans, alte T-Shirts mit Disneyfiguren drauf und dunkelgrüne Jacken an, die aussehen wie die von der Bundeswehr. Ich muss ständig kichern, zum Beispiel über Ernst, der immer noch patschnass den Schulflur volltropft und aussieht wie ein zerzauster Golden Retriever – während ich Pauline seit Schuljahresbeginn noch kein einziges Mal habe lächeln sehen. Noch nicht mal, als Ernst am ersten Schultag der neuen Referendarin einen seiner legendären Furzkissenstreiche gespielt hat und die dachte, sie hätte tatsächlich gepupst. Der dumme Streich hat ihm zwar einen Verweis und eine Vorladung seiner Eltern eingebracht, aber Ernst sagt, das sei es ihm wert gewesen.

»Und jetzt komm, Chloé.« Ernst zerrt an meinem Ärmel, während in diesem Moment die Glocke zur ersten Stunde durch den Schulflur schrillt. »Wir haben Mathe. Ich will bei Herrn Klaus in der ersten Reihe sitzen und dann ganz oft Frau Kümmels Namen erwähnen. Wusstest du eigentlich, dass sie mit Vornamen Ludmilla heißt? Ludmilla Kümmel! Mal sehen, ob er rot wird.«

EnzyKLOpädie

Kloweisheit #2:

Wusstet ihr, dass nicht jeder Klopapier auf die gleiche Weise verwendet?
Es gibt den „Knüller“, der knüllt sein Toilettenpapier ballartig zusammen, bevor er es benutzt.
Dann wäre da der „Wickler“, der es um die Hand wickelt.
Die meisten gehören zur Kategorie der „Falter“ und falten es brav zusammen. Dann gibt es noch den sparsamen „Ein-Blatt-Abreißer“.

Na, zu welcher Gruppe gehört ihr?

An der Angel

Um es kurz zu machen – Ernsts Plan, unseren Mathelehrer auf seine angebliche neue Freundin Frau Kümmel anzusprechen, ging gestern gründlich in die Hose. Alles begann damit, dass sich Ernst tatsächlich in die erste Reihe gesetzt hat. Da wurde Santa Klaus schon ein bisschen misstrauisch, denn normalerweise sitzt Ernst bei mir in der vierten Reihe, um ungestört sein dämliches Dinosaurier-Spiel spielen zu können. Doch Herr Klaus hat nur neugierig geguckt und nichts gesagt.

Dann hat Ernst erst so richtig losgelegt und unseren Lehrer von oben bis unten genauestens gemustert. Ernst hat nämlich in einem der Frauenmagazine seiner Mutter gelesen, dass Verliebte äußerst schusselig sind und im Alltag erhebliche Probleme haben können: Sie vergessen, was sie einkaufen wollen, starren oft für Ewigkeiten gedankenlos in die Luft, versalzen ihr Essen oder ziehen sich sogar morgens manchmal zwei verschiedene Socken an. Denn im Stadium der allergrößten Verliebtheit produziert das Gehirn so viele Amors-Pfeil-hat-mich-getroffen-ich-bin-im-siebten-Himmel-Hormone (oder so ähnlich), dass man keinen einzigen klaren Gedanken mehr fassen kann.

Das klingt zwar alles höchst unangenehm, aber angeblich ist diese Gaga-Phase sogar biologisch nützlich: Ernst sagt, Verliebtsein lässt uns absichtlich alles rund um uns herum vergessen, damit bloß Platz für nur noch eine einzige Botschaft bleibt: Lass uns heiraten, Babys bekommen und den Fortbestand der Menschheit sichern.

Uaaagh. Also ehrlich. Bevor ihr mich jetzt mit großen Augen anseht und fragt, ob das stimmt – ich habe wirklich keine Ahnung. Denn ich war noch nie verliebt. Und das ist auch gut so. Denn wer braucht schon eine unsichtbare Kraft, die einen vergesslich und schusselig macht und scheinbar wie durch Zauberhand die Gehirnzellen schrumpfen lässt? Pff. Meine Hausaufgaben vergesse ich schon von alleine, vielen Dank.

Andererseits – vielleicht ist diese Plage mit dem Verliebtsein auch gar nicht so schlimm, wie Ernst erzählt. Immerhin hat meine Freundin Katja auch seit genau vier Monaten einen Freund. Er heißt Horst, und obwohl Horst ein etwas merkwürdiger Name ist (wer will schon so heißen wie ein Nest, in dem Adler brüten?), sind die beiden ein richtig süßes Paar. Zum Glück litt Katja nie unter irgendwelchen krankhaften Verliebtheits-Symptomen, sondern hat sich ziemlich normal benommen. Sie hat nicht vergessen zu duschen, ihr Essen nicht versalzen und auch nicht ständig gedankenverloren in die Luft gestarrt. Sie hing nur verdächtig oft an ihrem Handy, weil ihr Horst im Minutentakt kleine Herzchen in bunten Farben über WhatsApp schickte. (Das macht er jetzt zwar immer noch, aber nicht mehr jede Minute, sondern nur noch ungefähr jede Stunde.) Tja, hab ich mir gedacht. Wenn's weiter nichts ist.

Ob Frau Kümmel Herrn Klaus auch kleine Herzchen in bunten Farben schickt, konnte Ernst während der Mathestunde leider nicht feststellen. Auch Herrn Klaus' Socken schienen beide die gleiche Farbe zu haben. Also hat Ernst seine Strategie geändert und begonnen, Herrn Klaus nur noch auf Englisch anzusprechen.

Eine wirklich dämliche Idee. Herr Klaus hat natürlich sofort neugierig nachgefragt, warum Ernst im Matheunterricht plötzlich Englisch mit ihm spreche, und Ernst hat erklärt, dass Englisch sein Lieblingsfach sei, weil Frau Kümmel einfach die tollste Lehrerin der Schule sei, das könne Herr Klaus doch nicht abstreiten. Dabei hat Ernst vielsagend gezwinkert, während die übrige Klasse wie wild gekichert hat.

Tja, was soll ich euch sagen? Das hat schon gereicht und Herrn Klaus' Wangen sind so rot geworden wie eine überreife Tomate. Er hat die Kreide fallen lassen, geschnaubt und zu Ernst gesagt, dass er sich gefälligst auf Mathe konzentrieren solle. Zu allem Übel hat Jacqueline, Angeliques Cousine, Herrn Klaus auch noch gesteckt, dass das Gerücht über ihn und die Englischlehrerin auf dem Mädchenklo zu lesen war. Und dass die ganze Schule bereits Bescheid wüsste.

Ach du dickes Ei!

Und was haben wir jetzt davon? Gestern nach der Mathestunde wurde eine spontane Versammlung einberufen und nun müssen alle Schüler, von der fünften bis zur zwölften Klasse, noch vor der ersten Stunde in die Aula. Weil Herr Klaus und Direktor Oberhäusl »aus gegebenem Anlass einige Worte an die Schülerschaft richten möchten«, was auch immer das heißt.

»Elender Weihnachtsmann«, schimpft Ernst lautstark neben mir, während wir in Zweierreihen in die Aula traben. Dabei beißt er herzhaft in sein Wurstbrot. »Ich glaube, ich konvertiere zum Judentum. Da gibt's keinen Weihnachtsmann. Der Klaus kann meinetwegen im Schornstein stecken bleiben. Fett genug wäre er ja.« Doch als wir in der Aula angekommen sind, dreht er sich zu mir um und sieht mich fest an. Ich kann seinen Blick nicht ganz deuten, aber er sieht aus, als sei ihm etwas furchtbar Dringendes eingefallen. »Chloé, ich muss mal kurz was erledigen«, flüstert er. »Wenn die Lehrer nach mir fragen, sag ihnen, ich bin mal kurz … auf dem Klo.«

»Aber du kannst doch nicht …«, stottere ich verdutzt. Warum will er denn ausgerechnet jetzt … etwas erledigen? Wegen Ernsts kleiner Show gestern wurde doch erst diese ganze Versammlung einberufen – zumindest, wenn meine Vermutung stimmt.

Als Antwort zwinkert mir Ernst bloß zu, und zwängt sich durch die Schülermassen zum Treppenhaus, das in den ersten Stock führt.

Als Ernst um die Ecke verschwindet, betritt auch schon der Direktor die kleine Bühnenkonstruktion auf der Stirnseite der Aula. Normalerweise versammeln wir uns hier immer nur, wenn einmal im Jahr die Theater-AG ein Stück aufführt. Oder wenn jemand etwas ausgefressen hat.

Ob es heute wohl tatsächlich um das Gerücht auf dem Mädchenklo geht? Kaum habe ich den Gedanken zu Ende gedacht, betreten auch schon Herr Klaus und Frau Kümmel höchstpersönlich die Bühne.

Hastig drehe ich mich um und blicke in Richtung Treppenhaus. Ernst ist immer noch nicht zurück. Komisch! Normalerweise ist er ein ziemlicher Draufgänger und hat ständig einen lockeren Spruch auf Lager, aber vielleicht hat er heute Muffensausen bekommen und beschlossen, lieber aus sicherer Entfernung zuzusehen.

»Liebe Schüler«, beginnt Direktor Oberhauser schließlich und klatscht fest in die Hände, um sich Gehör zu verschaffen. Mit seinem wirren Haar und der schiefen Brille wirkt er richtig schusselig, aber die meisten Schüler hier finden ihn trotzdem echt toll – nicht zuletzt, weil wir ihm das Klo zu verdanken haben. »Einer unserer Lehrer möchte diese Gelegenheit nutzen, einiges klarzustellen. Denn auf der Mädchentoilette verbreiten sich neuerdings die wildesten Gerüchte –«

»Die natürlich allesamt nicht stimmen«, unterbricht ihn Frau Kümmel mit schriller Stimme.

»Das kann die Englischhexe doch gar nicht wissen«, wispert mir Katja zu. »Neulich stand da auf der Klowand, dass Kai-Uwe aus der Fünften sich beim Lachen angepinkelt hat, und das stimmt hundertpro. Ich hab die Flecken auf seiner Hose gesehen.«

»Schscht«, macht Melanie.

»Nichts als Lügen wurden gestern auf dem Mädchenklo verbreitet«, meldet sich nun Herr Klaus zu Wort. »Genauer gesagt über die Wände, die beschmiert wurden. Da stand, dass Frau Kümmel und ich ... dass wir ...« Er bricht ab und wird rot. »Also, das ist natürlich vollkommener –«

»Blödsinn! Vollkommener, hirnverbrannter Schwachsinn, wie ihn sich nur dusselige Kinder ausdenken können«, fährt Frau Kümmel energisch dazwischen.

»Stimmt«, bekräftigt Herr Klaus. »Denn ich bin bereits verheiratet. Und ich würde meine Frau natürlich nie belügen und betrügen.«

Ach, Herr Klaus ist verheiratet! Jetzt dämmert mir langsam, warum er wegen des Gerüchts so aufgeregt ist.

»Aber als ob diese infame Lüge von gestern nicht genug gewesen wäre …«, fährt Herr Klaus jetzt fort und guckt streng in die Menge, »… ist heute Morgen ein neues Gerücht auf der Klowand erschienen. Der Schmierfink behauptet … dass ich in Wirklichkeit glatzköpfig bin und ein Toupet trage! Das ist ja unerhört!«

Ich halte für einen Moment die Luft an. »Was? Noch ein neues Gerücht?«, flüstere ich Katja zu, die neben mir steht. Mein erster Gedanke gilt Ernst, der immer noch wie vom Erdboden verschluckt ist. Er hat das mit dem Toupet doch als Erster aufgebracht. Wo ist er nur? Der verpasst doch das Beste!

Katja hebt die Schultern. »Ich hab's auch noch nicht gelesen, Chloé. Ich war heute noch nicht auf dem Klo, weil ich daheim noch mal gegangen bin. Und ausnahmsweise hab ich die Hausaufgaben alle gemacht. Muss wohl brandaktuell sein.«

»Die Sache mit dem Toupet ist natürlich ebenfalls komplett erfunden und zeigt bloß, dass der Übeltäter versucht, mich zu schädigen«, ruft Herr Klaus aufgeregt. »All diese Gerüchte sind an den Haaren herbeigezogen! Mein Haar ist natürlich –« Doch plötzlich bricht Herr Klaus ab und stößt ein lautes Quieken aus, genau wie die Schweine auf dem Bauernhof von Melanies Oma.

Wie durch Zauberhand hat sich Santa Klaus' Frisur von seinem Kopf gelöst und baumelt nun einen halben Meter über ihm in der Luft. In der Aula ist es plötzlich mucksmäuschenstill.

»Was zum Geier –«, schreit unser Mathelehrer und greift sich panisch auf seine Glatze. Dann entdeckt er das Toupet in der Luft, stößt erneut einen Schrei aus und hüpft hilflos auf und ab, doch er bekommt es nicht zu fassen. Das sieht ziemlich witzig aus, erste Lacher erklingen und ich wette, Santa Klaus ärgert sich gerade mächtig darüber, dass er nicht Sportlehrer geworden ist.

»Guckt mal, da ist Ernst!«, ruft mir Katja zu. Inzwischen kichert die gesamte Aula, sogar Herr Direktor Oberhäusl schmunzelt, während Herr Klaus immer noch in die Luft springt, um sich das Toupet zu krallen.

»Wo?«, frage ich.

»Na, da!« Sie deutet nach oben.

Erst weiß ich nicht genau, was sie meint, doch dann gleitet mein Blick in den ersten Stock, der von einem gläsernen Geländer begrenzt wird. Von hier oben kann man übers Geländer runter in die Aula blicken.

»Ach du Schande!«, entfährt es mir, als ich Ernst entdecke, der am Geländer lehnt, einen langen, schwarzen Gegenstand in seiner Hand. Immer noch bin ich verwirrt, denn es sieht tatsächlich so aus, also schwebe das Haarteil durch die Luft. »Wie hat er denn –«

»Mit einer Angelleine«, sagt eine Stimme hinter uns. Im nächsten Moment drückt sich Pauline zwischen Katja, Melanie und mich und deutet auf Ernst. »Das Toupet hängt am Haken seiner Angel.«

Nun gibt es für die gesamte Schülerschaft kein Halten mehr. Während die komplette Aula vor Lachen brüllt, dreht Ernst an der Spule der Angel und zieht das Toupet Zentimeter für Zentimeter zu sich hoch, bis er es schließlich triumphierend in den Händen hält und über seinem Kopf kreisen lässt wie ein Lasso.

»Hört sofort auf zu lachen!« Frau Kümmels Stimme schrillt durch die Aula, so laut, dass sich Melanie die Oh-

ren zuhalten muss. »Und schnappt euch diesen elenden Jungen. Dafür wandert er in den Jugendknast. Ich habe Freunde bei der Polizei.« Drohend hebt sie die Faust in Ernsts Richtung. »Ich glaube, du begreifst den Ernst der Lage nicht, mein Lieber.«

Die Schüler lachen noch lauter, während Frau Kümmel immer unsicherer wirkt.

»Einsperren? Der Junge ist gerade mal dreizehn Jahre alt, liebe Frau Kümmel«, ergreift der Direktor für Ernst Partei. »Das können wir nun wirklich nicht.«

»Dann bestrafen Sie ihn eben anders.« Frau Kümmel läuft auf und ab wie ein aufgescheuchtes Huhn, außerdem ist ihre Stimme inzwischen so schrill und hoch geworden, dass man sie kaum noch versteht. Herr Klaus hat währenddessen schnaubend auf einem der Stühle Platz genommen, als wäre ihm bereits alles egal. Die Sporteinheit hat ihm offenbar zugesetzt. »Dann lasst ihn eben die Jungstoiletten putzen.«

»Frau Kümmel, Sie wissen doch selbst, dass wir momentan keine richtigen Jungstoiletten haben«, gibt Direktor Oberhäusl zerknirscht zu. »Ich weiß, das entspricht nicht Notburga von Sorgenfreys Philosophie –«

»Notburga von Sorgenfrey, papperlapapp! Das ist doch alles Humbug! Lächerlich! Wenn Sie mich fragen, verwöhnen Sie die Schüler nach Strich und Faden. Vorgewärmte Toilettensitze und vergoldetes Klopapier. Pah! Man sieht ja, was Sie damit erreichen. Nur schlechtes Benehmen.« Mit wildem Blick fixiert Frau Kümmel den Direktor.

»Buuuh! Was für ein Schwachsinn«, ruft Katja laut aus der Menge. »Wir haben doch gar kein vergoldetes Klopapier. Das stelle ich mir auch nicht gerade angenehm vor.«

Pauline und ich kichern. Wenn sie lacht, wirkt Pauline eigentlich ziemlich nett. Unter ihren buschigen Augenbrauen entdecke ich zwei blaue Augen, die amüsiert funkeln, während Ernst zufrieden seine Angel einklappt und im Rucksack verstaut.

»Na fein.« Resigniert lässt unser Direktor den Kopf hängen und sieht aus, als wäre ihm die ganze Sache unglaublich peinlich. »Ernst bekommt natürlich einen Verweis und eine Vorladung seiner Eltern. Und ansonsten schlage ich vor, wir alle vergessen das hier ganz schnell wieder.«

»Zu spät, Herr Direktor«, ruft Ernst vom Obergeschoss in die Aula. Mit einem Mal klingt er nicht mehr schadenfroh, sondern regelrecht reuevoll. Außerdem spannt sich über Ernsts Wangen, zum ersten Mal, seit ich ihn kenne, eine Spur von Rot. »Ich fürchte, mein Kumpel hat mir vorhin ein Video davon geschickt … und, na ja … ich habe es bereits auf YouTube gestellt.«

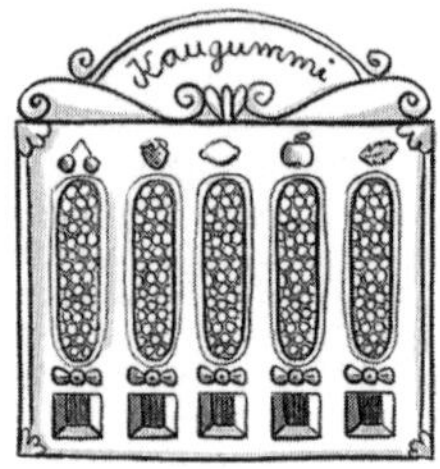

Eine neue Freundin

Zweiundzwanzigtausend Klicks in nur einer Stunde, Chloé. Und über tausend Abonnenten auf meinem Kanal«, schwärmt Ernst, als er aus dem Büro des Direktors zurückkommt. Dort hat Direktor Oberhäusl ihm eine lange Strafpredigt gehalten und Ernsts Eltern angerufen, doch das scheint Ernst nicht im Geringsten zu kümmern. »Ich bin ein waschechter YouTube-Star. Ich glaub, ich schmeiß die Schule und kauf mir ein Haus in Florida.«

Ich hebe eine Augenbraue. »Meinst du nicht, du übertreibst ein wenig?«

Ernst scheint zu überlegen. »Hmm, mag sein. Aber ich werde trotzdem Shirts mit meinem Namen drucken lassen. Auf die Vorderseite kommt ein Foto von mir und hinten soll ›Der Ernst des Lebens‹ stehen. So heißt nämlich mein YouTube-Kanal. Ziemlich cool, oder?«

»Das muss ich mir zu Hause gleich ansehen«, verkündet

Pauline, die an unserem Tisch in der vierten Reihe lehnt und uns aufmerksam zuhört. »Meine Mutter erlaubt mir kein Handy. Sie glaubt nämlich, dass elektromagnetische Strahlen Jugendliche schädigen können. Angeblich wird man von zu viel Handystrahlung dumm im Kopf.« Sie verdreht die Augen. »Ich denke, dass sie wieder mal gehörig übertreibt.«

»So ein Quatsch. Ich hänge mindestens zwölf Stunden am Tag am Smartphone. Und ich habe noch keine Schäden davongetragen«, lacht Ernst und klopft sich mit den Fingerknöcheln auf den Kopf. »Mein Hirn funktioniert einwandfrei. Nicht wahr, Chloé?«

»Natürlich, Ernst«, sage ich und schiebe mich zwischen Pauline und Ernst, bevor mir noch etwas Bissiges dazu einfällt, das Ernst womöglich nicht gefallen könnte. »Ich habe erst kürzlich ein neues Smartphone zum Geburtstag bekommen und habe ein altes übrig, möchtest du es haben? Das Internet ist zwar furchtbar langsam und Apps kann man auch nicht –«

»Es hat Internet?«, unterbricht mich Pauline und strahlt mich begeistert an.

»Ja, klar.«

»Und du würdest es mir tatsächlich schenken?« Paulines grüne Augen leuchten, doch plötzlich hält sie inne. Der lauernde Gesichtsausdruck, den ich von früher kenne, macht sich auf ihrem Gesicht breit. »Bestimmt willst du dafür irgendeine Gegenleistung.« Sie mustert mich, mein Handy, das auf dem Tisch liegt, meinen bunten Schulrucksack mit den vielen glitzernden Anhängern. »Ich hab aber bestimmt nichts, was du noch brauchen könntest. Du hast doch schon alles.«

Ein unangenehmes Gefühl macht sich in meinem Magen breit. Die Tatsache, dass Pauline mich offenbar beneidet, ist mir mit einem Mal ziemlich unangenehm. Ich habe zwar das große Glück, dass Mama und Papa mir bei guten Noten manchmal Geschenke machen und ich und mein Bruder für meine Großeltern die einzigen Enkel sind, was bei Geburtstagen ganz bestimmt kein Nachteil ist – trotzdem gibt es dutzende Dinge, die ich gerne hätte. Zum Beispiel ein Haustier. Aber meine Mutter erlaubt es mir nicht, weil in unser Haus tagtäglich fremde Menschen kommen, von denen einige gegen Tierhaare allergisch sind. Meine Mutter ist nämlich Psychiaterin und hat ihre Praxis im Erdgeschoss des Hauses, in dem wir wohnen. Ständig kommen Patienten zu ihr, die ihr dann stundenlang von all ihren Sorgen und Problemen berichten. Aber davon darf Mama uns natürlich nichts erzählen, denn sie unterliegt der Schweigepflicht.

So eine Schweigepflicht ist eine feine Sache, finde ich. Man stelle sich nur mal vor, man würde seiner Psychiaterin erzählen, Superzicke Angelique habe es auf einen abgesehen, einen bereits eine ganze Nacht lang auf dem Klo eingesperrt und noch mehr oberfiese Anschläge geplant. Und am nächsten Tag weiß es die ganze Schule. Wie peinlich. Dann könnte man es ja auch gleich direkt auf die Klowand schreiben.

Angelique. Das erinnert mich mit einem Schlag daran, was ich mir vorgenommen hatte. Und zwar, Pauline dabei zu helfen, Angelique loszuwerden – und natürlich unser Klo wieder zu einem sicheren Ort zu machen. Jetzt, wo Pauline endlich mit mir redet, wäre doch ein guter Zeitpunkt, um damit endlich loszulegen. Vielleicht kann ich sie zu mir nach Hause einladen, um ihr von meinem Plan zu erzählen? Einen Versuch ist es wert.

»Du brauchst mir gar nichts dafür zu geben«, sage ich, um Pauline ihre Bedenken zu nehmen, und lächle sie freundlich an. »Mein altes Handy liegt sowieso nur nutzlos rum. Was hältst du davon, heute nach der Schule bei mir vorbeizukommen? Dann kann ich es dir gleich geben.«

Pauline zögert einen kleinen Augenblick, dann spannt sich ein Lächeln über ihr Gesicht und sie nickt.

Pauline hat tatsächlich zugestimmt, mich zu besuchen, und wenn ich ehrlich sein soll, bin ich ziemlich nervös, weil ich keine Ahnung habe, wie sie mein Zuhause finden wird. Die Wände meines Dachzimmers sind pink gestri-

chen, außerdem habe ich ein violettes Himmelbett mit Vorhängen, auf die kleine weiße Blümchen gestickt sind. In den Ecken stapeln sich Klamotten, links vom Bett befindet sich ein großer Spiegel mit Schminktisch, wo ich Schmuck, CDs und Bücher aufbewahre. Mein Bruder Mika beneidet mich um mein Zimmer und gibt offen zu, dass Rosa auch seine Lieblingsfarbe ist. Ihr findet das vielleicht etwas ungewöhnlich für einen vierzehnjährigen Jungen, aber es war schon immer so. Und warum sollte Rosa nur eine Mädchenfarbe sein?

Dafür hat Mika etwas, das ich nicht habe: eigene Haustiere. Er besitzt ein riesengroßes Terrarium, in dem er zwei große Echsen, sogenannte Bartagamen, hält. Die beiden heißen Katy und Perry und haben es richtig gut bei Mika. Er füttert sie täglich mit Heuschrecken und Mehlwürmern. Außerdem hat er seinen Haustieren im Werkunterricht ein eigenes Schloss aus Holz gebastelt, anschließend bemalt und mit bunten Steinen beklebt. Katy schläft nun am liebsten auf dem Balkon des obersten Türmchens, während Perry meistens auf der

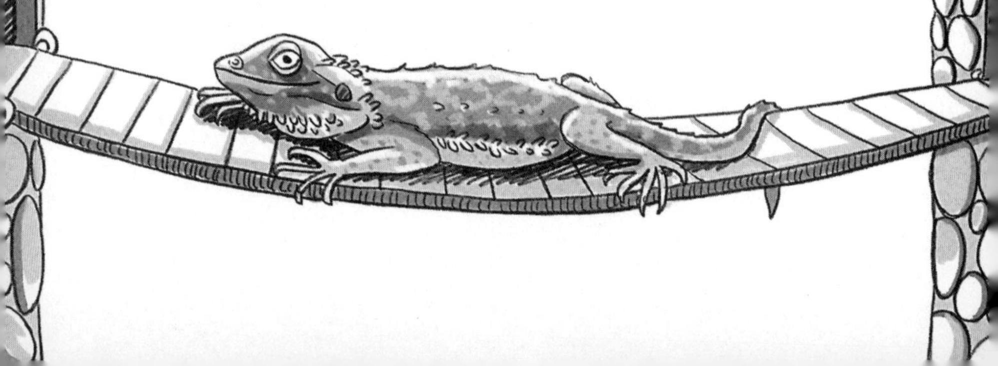

Hängebrücke döst. Ich hätte zwar lieber eine Katze, aber ich finde die beiden Echsen auch ziemlich cool.

Doch dafür habe ich etwas anderes Tolles: ein eigenes Klo.

Ja, ihr habt richtig gelesen. Ich habe mein eigenes Klo. Na ja, ganz mir alleine gehört es natürlich nicht – Mama und Mika benutzen es immer dann, wenn Papa ewig lange auf dem Familienklo sitzt und einer von ihnen mal dringend muss. Aber ansonsten gehört es mir. Auch wenn mein kleines Dachboden-Klo längst nicht so spektakulär ist wie das in unserer Schule.

Jetzt, zum ersten Mal, seit ich hier wohne, schäme ich mich doch ein wenig für mein Zimmer. Es sieht aus, als würde hier eine Zehnjährige wohnen. Irgendwo liegen sogar noch Puppen herum. Pauline hält mich bestimmt für eine zurückgebliebene Irre.

»Chloé, bist du krank? Oder haben Aliens meine Tochter entführt und sie durch einen Roboter ersetzt, der ihr verdächtig ähnlich sieht?«, ertönt Papas Stimme hinter mir, während ich die peinlichsten Sachen in eine große Truhe werfe. Ich drehe mich zu ihm um. Zufrieden lehnt er im Türrahmen und grinst. »Das finde ich klasse. Ich muss mich unbedingt bei den Aliens bedanken.«

Ich kichere. Papa hat die coolsten Sprüche auf Lager, immerhin ist er von Beruf Werbetexter. Manchmal kann er sogar richtig frech werden, aber das passiert meist nur, wenn Ernst zu Besuch ist. Wie ihr wisst, besitzt Ernst eine ähnlich große Klappe wie Papa, also ärgern die beiden einander am laufenden Band.

»Ich dachte einfach, ich könnte mal ein bisschen aufräumen«, antworte ich. »Außerdem bekomme ich Besuch.«

»Besuch?«, ruft Papa. Der Spaß scheint ihm plötzlich vergangen zu sein. »Lass mich raten. Kommt dich etwa ein Junge besuchen? Ich finde, mit zwölf ist man noch zu jung für so was, nur damit das klar ist. Das hat noch Zeit, bis du … fünfundzwanzig bist. Verstanden?«

»Nein, Ernst kommt heute nicht vorbei, Papa.«

»Ernst ist auch kein Junge.«

Mein Papa hat echt einen Knall. Natürlich ist Ernst ein Junge. Aber Ernst und ich sind schon so lange befreundet, dass Papa das manchmal vergisst. Begonnen hat alles in der ersten Klasse der Grundschule, wo mir schon damals Angelique und ihre Freundinnen gehörig auf den Keks gegangen sind. Zu allem Übel hat mich meine Grundschullehrerin dann auch noch aufgefordert, mir mit Angelique eine Bank zu teilen.

Zur Begrüßung hat Angelique irgendetwas auf Französisch gebrabbelt.

»Kommst du etwa aus Frankreich?«, habe ich sie gefragt. Weil ich ziemlich aufgeregt war (und vielleicht auch, weil mich ihre glitzernden Klamotten irritiert haben), habe ich dann auch noch hinzugefügt: »Aber wenn du zum Frühstück schleimige Schnecken oder Frösche dabeihast, will ich lieber nicht neben dir sitzen.«

Angelique fand das leider nicht lustig. Und sie hatte auch keine schleimigen Schnecken oder Frösche in ihrer Frühstücksbox, sondern Soja-Pudding. Und den hat sie mir auch gleich in die Haare geschmiert.

Zum Glück hat sich Ernst an Angelique gerächt, indem er ihr sein Thunfischbrot in die Haare geschmiert hat, was noch viel ekliger war als der Soja-Pudding.

»Ich wollte dir nicht helfen, Chloé«, hat Ernst später behauptet. »Als ich dich, Angelique und den Pudding beobachtet hatte, dachte ich, man begrüßt sich so in Frankreich.« Er hob die Schultern. »Ich wollte bloß höflich sein.«

Seitdem teilen Ernst und ich uns eine Bank und Angelique hat sich aus Angst vor Ernsts Thunfischbroten nicht mehr an uns herangetraut. Ich kann also zumindest ein wenig verstehen, wie es ist, wenn Angelique einen nicht leiden kann. Obwohl eine Nacht auf dem Klo eingesperrt zu sein, viel schlimmer ist, als Schokopudding im Haar zu haben.

»Mich besucht eine Freundin«, erkläre ich Papa schließlich, der immer noch auf eine Antwort zu warten scheint. »Sie heißt Pauline. Sie geht erst seit diesem Jahr in unsere Klasse und hat noch nicht viele Freunde.« In diesem Moment läutet es unten an der Tür. »Oh, das muss sie sein.« Sofort bin ich am Treppenabsatz und öffne die Haustür.

Vor unserem Gartentor hat ein teuer aussehender Sportwagen gehalten, von dessen Rücksitz soeben Pauline klettert. Am Steuer sitzt ein Mann mit blonden kurzen Haaren, daneben eine Frau mit roten Locken und Strohhut. Die Frau küsst Pauline auf die Wange, doch die wischt sich sofort angeekelt übers Gesicht. »Ciao, Mama.«

Etwas verdutzt starre ich auf das schicke Auto und die Leute darin. Paulines Mutter wirkt nett, wenn auch etwas schräg. Und dann fällt mein Blick auf ihren Vater: sein blondes, ordentlich geschnittenes Haar, sein braun gebranntes Gesicht und sein ernster Blick. Diesen Mann habe ich früher doch schon mal gesehen. Nur wo? Oder verwechsele ich Paulines Vater bloß mit irgendjemandem, den ich aus dem Fernsehen kenne?

»Hallo, Pauline.« Ich laufe vor ans Gartentor und öffne ihr. »War das deine Mutter?«, frage ich, nur um irgendwas zu sagen.

»Ja.« Während der Wagen davonbraust, nimmt Pauline ihren schwarzen Rucksack ab und wirkt plötzlich verlegen. »Sie ist ziemlich schräg. Und seit sie einen neuen Freund hat, ist sie noch viel komischer. Seinetwegen sind wir erst hierhergezogen.«

Ach. Jetzt wird mit einiges klar. Der Mann war gar nicht Paulines Vater, sondern der neue Freund ihrer Mutter.

Wenn er hier wohnt, kann es gut sein, dass ich ihn schon mal gesehen habe.

»Wow. Cooles Haus. Wohnt ihr hier etwa alleine?«, will Pauline jetzt wissen.

»Ähm, ja. Meine Mutter, mein Vater, mein großer Bruder Mika und ich. Meine Mutter betreibt hier auch noch eine Praxis für Patienten mit einem Sprung in der Schüssel, da gibt's einen eigenen Eingang, gleich da vorne. Mama darf mir zwar nichts erzählen, aber manchmal quatsche ich mit den Leuten und finde selbst raus, was mit ihnen nicht stimmt. Einmal war ein Kerl da, der davon überzeugt war, dass ihn ein unsichtbares Schaf namens Nepomuk begleitet. Und dann gab es eine Frau, die meinte, die Welt würde Dienstag in einer Woche untergehen. Ernst und ich fanden das zuerst ziemlich cool, denn Mittwoch hätten wir eine Matheklausur geschrieben, und deswegen haben wir beide nichts gelernt. Nur leider ist die Welt doch nicht untergegangen. Na ja. Ist ja wohl auch besser so.«

Ich breche ab, vermutlich interessiert Pauline mein Gequassel sowieso nicht. Bestimmt hält sie mich jetzt für noch verrückter als Mamas Patienten. »Egal. Soll ich dir mein Zimmer zeigen? Und natürlich das Handy. Deswegen bist du ja eigentlich hier.«

Pauline nickt. Ich führe sie ins Haus, zu meinem Zimmer unters Dach, und während ich in der Schreibtischlade nach meinem alten Handy krame, läuft Pauline durch den Raum und sieht sich aufmerksam um. Sie betrachtet mein Bett mit den bunten Kissen, meinen Schreibtisch und die Klamotten, die verstreut auf dem Teppich herumliegen, weil ich ständig vergesse, sie aufzuheben. Am Bücherregal bleibt sie schließlich stehen und fährt mit dem Finger die Buchrücken ab. Einen Moment lang hält sie inne.

»Was ist denn das hier für ein merkwürdiges Buch?«, ruft sie plötzlich. *»Chloés Enzyklopädie der Toilettenkunde?«* Pauline lacht laut auf. Kurzerhand zieht sie das Buch heraus. »Hast du das etwa selbst geschrieben?«

Sofort spüre ich, wie ich rot werde. Mist! Ich habe ganz vergessen, die Enzyklopädie zu verstecken. Jetzt ist es dafür leider zu spät, Pauline blättert das Büchlein schon durch.

»Ist ja abgefahren. Ein ganzes Buch voll mit verrückten Fakten über Toiletten. Das ist echt schräg«, staunt sie und sieht mich mit einem Gesichtsausdruck an, den ich nicht so recht deuten kann.

Ähm, ja. An dieser Stelle muss ich mich bei euch entschuldigen. Es tut mir wirklich äußerst leid, dass ich euch noch nichts von meiner selbst verfassten Enzyklopädie erzählt habe – aber die Sache ist die: Mir ist das Büchlein ein wenig peinlich. Ihr wisst ja bereits, dass ich mich für Toiletten aller Art interessiere … aber dass ich aus all dem Wissen auch ein eigenes Nachschlagewerk gebastelt habe, das habe ich euch noch nicht verraten. *Chloés EnzyKLO-pädie.* Die Betonung liegt auf der dritten Silbe.

Um ehrlich zu sein, habe ich mir ziemlich viel Mühe mit diesem Nachschlagewerk gegeben, zumindest mehr als mit meinen Hausaufgaben. In der EnzyKLOpädie findet man nicht nur allerlei Wissenswertes (und auch Nicht-Wissenswertes) über Toiletten, es gibt auch eine ganze Chronologie zur Geschichte des Klos und sogar einen Teil, in dem verrückte Toiletten aus aller Welt vorgestellt werden – unter anderem auch das Stehklo, mit dem der arme Ernst schon Bekanntschaft gemacht hat. Aufgepeppt habe ich das Ganze noch mit Bildern, Zeichnungen und eigenen Erfahrungsberichten. Zum Beispiel beinhaltet das Büchlein auch eine Auflistung der schönsten Klos der Stadt (mal abgesehen von unserem Schulklo), außerdem die Top fünf der besten Klopapiermarken, mit Chloés eigens entwickelten Prädikaten: flauschig, oberflauschig und ultraflauschig. Wirklich, es hat ganz schön lange gedauert, alle Klopapiermarken zu kaufen und durchzutesten.

Ich lobe mich ja nur ungern selbst, aber als ich es geschrieben habe, fand ich mich dabei ziemlich cool. Ich fühlte mich wie eine Wissenschaftlerin, die ein Themengebiet erforscht, das noch nie jemand zuvor erkundet hat. Ähnlich wie die Biologen, die an den Polarkreis reisen. Oder die ersten Astronauten auf dem Weg zum Mond. Doch nun, wo Pauline mit großen Augen durch meine

Enzyklopädie blättert, komme ich mir plötzlich vor wie der größte Blödmann der Welt.

»Das ist ja total cool«, höre ich Pauline nach einer Weile sagen. Sie tippt auf Seite zwölf, doch mir will beim besten Willen nicht einfallen, was ich damals dorthin geschrieben habe. »Ich habe mich auch schon oft gefragt, warum Bahnhofsklos jedes Mal so widerlich sein müssen. Und warum abgerissene Klopapierstücke immer genau gleich groß sind. Ich finde, dein Buch sollte gedruckt werden, Chloé.«

Jetzt werde ich doch etwas verlegen. »Druckreif hat meine Enzyklopädie noch nie jemand genannt«, gebe ich zu. »Andererseits wissen außer dir auch nicht viele von meiner Karriere als Sachbuch-Autorin. Bloß Ernst, Melanie und Katja. Und leider auch mein Bruder Mika, der das Büchlein leider zufällig bei mir entdeckt hat, als unsere Familientoilette verstopft war. Also bloß meine engsten Freunde.«

Pauline guckt mich plötzlich seltsam an. »Du nennst mich deine Freundin?«

Ich werde noch röter. »Klar. Warum denn nicht?«

Pauline setzt sich auf den Schaukelstuhl im Eck und überlegt. »Als ihr mich neulich aus dem Schulklo befreit habt, dachte ich, du hättest bloß Mitleid«, sagt sie plötzlich in verändertem Tonfall. »Oder, noch schlimmer, du meinst es nicht ernst und hättest bloß vor, mich genau wie Angelique –« Sie hält sich plötzlich die Hand vor den Mund. »Ups. Das wollte ich eigentlich nicht sagen.«

»Schon gut.« Ich setze mich auf den Boden neben Pauline. »Ich weiß, dass es Angelique war, die es auf dich abgesehen hat. Die Alte hat ein ziemliches Rad ab.« Ich werfe mein Haar zurück, genau wie Angelique es immer tut. »Isch will später Schauspielerin werden und 'abe in mein ganzes Leben noch nie Zücker gegessen. Ihr stopft ja nur Müll in eusch rein.«

Pauline grinst und scheint meine Angelique-Imitation lustig zu finden. Sie ist immerhin schon acht Wochen an unserer Schule und hat bestimmt längst mitbekommen, wie Angelique so tickt: zickig, gemein und manipulativ. Trotzdem schafft es Angelique erstaunlicherweise immer wieder, sich bei den Lehrern beliebt zu machen. Letztes Jahr hat sie zum Beispiel eine Sammelaktion organisiert, wo Schüler ausrangierte Spiele und Klamotten für Afrika bei ihr und ihrer Mutter abgeben konnten. Angelique hält sich für Mutter Teresa, doch in Wirklichkeit macht sie anderen das Leben schwer. Das passt überhaupt nicht zusammen.

»Pauline, ich glaube, ich habe einen ziemlich guten Plan, um dieser kleinen, hochnäsigen Prinzessin den Wind aus den Segeln zu nehmen.« Ich rücke näher an Paulines Schaukelstuhl und sehe sie fest an. »Und zwar, indem wir dich zum tollsten, beliebtesten Mädchen der Schule machen. Dann soll sie es noch mal wagen, dich auf dem Klo einzusperren. Was ist? Bist du dabei?«

Leider beginnt Pauline nicht wie erwartet zu jubeln, sondern zieht bloß eine angewiderte Grimasse. »Also echt, Chloé. Mich verändern? Das ist doch ein alter Hut. So wie bei dem Märchen mit dem hässlichen Entlein. Oder Cinderella. Irgendwann wird es Mitternacht und das ganze Lügenkartenhaus stürzt zusammen.« Sie seufzt. »Willst du etwa Kürbisse verzaubern? Oder mir Schuhe aus Glas kaufen? Das klappt doch nur in Märchen oder Hollywoodfilmen. Außerdem finde ich meine Klamotten gut, wie sie sind.«

»Das meinte ich doch gar nicht. Du hast zumindest einen eigenen Look«, rede ich mich heraus. Pauline soll nicht denken, dass ich ihre Klamotten uncool finde. Finde ich nämlich nicht. Na ja, für ein Mädchen sind sie vielleicht etwas seltsam, das meiste in Olivgrün, Braun oder in den Farben der Bundeswehr. Dazu trägt sie auch gerne Teile, die aussehen, als hätte ihre Oma sie für sie gestrickt oder als hätten sie schon mindestens fünf Geschwister vor ihr getragen. »Was meintest du dann?«, fragt Pauline verwirrt.

Ich suche nach den richtigen Worten. »Ich meinte bloß, dass es vielleicht an der Zeit wäre, dein Image aufzupolieren. Glaub mir, ich wäre ebenfalls das uncoolste Mädchen der Schule, wenn die alle wüssten, dass ich heimlich Bücher über Klos schreibe. Wir könnten einfach … ein bisschen was dazuerfinden.«

Pauline runzelt die Stirn. »Was willst du denen erzählen? Etwa dass ich nach der Schule heimlich eine blonde Perücke aufsetze und in Wirklichkeit ein großer Popstar bin?«

»Hey, die Idee ist gar nicht schlecht.«

Pauline sieht zerknittert aus. »Chloé, das ist doch Hannah Montana. Lass es gut sein. Egal, was du über mich erzählst, keiner wird es dir glauben.«

Wie auf Befehl muss ich plötzlich an den Mathelehrer, die Englischlehrerin und das fiese Gerücht auf der Klowand denken. »Mir vielleicht nicht. Aber der Klowand ganz bestimmt.«

EnzyKLOpädie

Kloweisheit #3:

Wusstet ihr, dass Toilettenpapier echt teuer sein kann?
Das teuerste Toilettenpapier der Welt besteht nämlich aus Blattgold und kostet rund eine Million Euro.
Viel zu schade fürs Klo, oder?

Projekt Pauline

Projekt Pauline, Tag 1. Eigentlich hatte ich ja vor, meine Karriere als Buchautorin nach Fertigstellung der EnzyKLOpädie an den Nagel zu hängen, aber angesichts der neuesten Ereignisse habe ich mich doch entschlossen, noch ein zweites Buch zu schreiben. Und zwar eins über meinen Plan, unser Schulklo zu benutzen, um Pauline ein für alle Mal zu einem vollwertigen Mitglied der Schülerschaft zu machen.

Damit schlage ich drei Fliegen mit einer Klappe!

Ich kann: a) Pauline helfen und dabei etwas Gutes tun,
b) Angelique endlich eins auswischen,
c) verhindern, dass auf dem Schulklo weiterhin unschöne Dinge passieren (na ja, mal abgesehen von dem Üblichen, ihr wisst, was ich meine ...).

Um möglichst keine Zeit zu verlieren, schreite ich am nächsten Schultag mit Feuereifer zur Tat. Es ist sieben Uhr dreißig, das bedeutet, dass ich noch dreißig Minuten Zeit habe, um meinen Plan umzusetzen. Außerdem sollte es sich noch ausgehen, die Mathehausaufgabe abzuschreiben.

»Du willst es also wirklich tun?«, fragt Katja und macht eine große Blase mit ihrem Kaugummi. »Du willst absichtlich Lügen über Pauline verbreiten, damit sie endlich cool wird?«

»Jupp.« Eine Weile überlege ich, in welcher Farbe die Botschaft auf der Toilette am besten rüberkommt, doch dann entscheide ich mich für Schwarz. Schwarz auf pinken Toilettenwänden. Das übersieht sicher keiner so schnell. »Aber so, wie du das sagst, Katja, klingt es so vorwurfsvoll. Ich würde eher sagen, ich versuche, Paulines Hobbys ein wenig aufzuhübschen.«

Katjas Augen werden groß. »Was hat sie denn schon für Hobbys? Außer mies gelaunt und kratzbürstig sein? Dagegen ist ja Giovanni meistens richtig charmant.«

Ach, da fällt mir auf: Ich habe euch unseren Schulkater Giovanni noch gar nicht richtig vorgestellt. Das müssen wir sofort ändern. Hier ein kurzer Steckbrief:

Name: Giovanni oder Jo.
Korrekterweise sollte man die Spitznamen »Fellknäuel« oder »Flohschleuder« mit aufnehmen, so nennen ihn die Jungs.
Nicht besonders nett.

Alter: 4 Jahre
Besitzer: Direktor Oberhäusl
Charakter: wankelmütig.
Neuen Mädchen gegenüber ist er sehr zurückhaltend. Außerdem mag er keine Jungs.
Lieblingsessen: alle Arten von Fisch.
Manchmal frisst er jedoch auch die sauren Drops aus den Automaten am Mädchenklo.
Davon bekommt er allerdings ganz schlimme Blähungen. Deshalb hat Direktor Oberhäusl auch strengstes Fütterungsverbot für Giovanni verhängt.
Sonstige Merkmale: Ähnlichkeit zu Grumpy Cat, der mies gelaunten Katze aus dem Internet.

Trotzdem. Pauline mit Giovanni zu vergleichen, geht ja wohl gar nicht. »Also ich finde die Idee, auf dem Klo Botschaften über Pauline zu verbreiten, echt super«, erkläre ich Katja selbstbewusst. Ich habe nicht vor, jetzt aufzugeben. »Und du steh lieber Schmiere und pass auf, dass uns keiner hier überrascht. Wir müssen alle Botschaften fertigschreiben, bevor uns jemand entdeckt. Jede Wette, dass Angelique und ihre dusselige Französinnenclique gleich hier antanzen. Die sollten besser nicht wissen, dass ich dahinterstecke. So, fertig.«

Katja betrachtet mein Werk. In großen Buchstaben steht da: »Aufgepasst! Habt ihr schon das Neueste von Pauline Schramm aus der 6a gehört? Sie hat den schwarzen Gürtel in Judo und ihr Vater ist der Sänger einer Rockband namens Schrammstein. Ihre Haustiere sind zwei Bartagamen namens Katy und Perry. Pauline ist echt die Coolste! Respekt!« Daneben habe ich noch einen roten Totenkopf gemalt, der symbolisieren soll: Besser, ihr legt euch nicht mit ihr an.

»Schrammstein.« Katja grinst spöttisch, immerhin ist sie ein Fan der Hard-Rock-Band Rammstein. »Sehr originell. Und die Eidechsen hast du ja wohl von deinem Bruder geklaut. Aber wer soll dir diese ganzen Lügenmärchen überhaupt abkaufen? Denkst du nicht, die Sache mit dem schwarzen Gürtel fliegt spätestens im Turnunterricht auf, wenn Pauline beim Volleyball wieder den Ball auf die Rübe kriegt?«

»Bei Herrn Klaus hat auch keiner so genau nachgefragt.«

»Und Pauline? Findet sie die Idee gut?«

Etwas verlegen kaue ich auf meiner Unterlippe herum.

Um ehrlich zu sein, habe ich Pauline gar nicht so genau verraten, wie mein toller Plan in der Praxis nun aussehen wird. Die Sache mit dem Hard-Rock-Dad, dem schwarzen Gürtel und den Haustieren habe ich mir heute früh im Schulbus ausgedacht. Hoffentlich findet Pauline die Ideen nicht total belämmert. Immerhin muss sie bei der ganzen Scharade ja mitspielen.

»Äh, klar. Pauline findet den Plan klasse«, flunkere ich. »Und du wirst sehen –« Ich breche ab, weil Giovanni plötzlich durch die Lobby des Klos tapst und uns interessiert anguckt. »Ach du meine Güte. Was ist denn mit dem passiert?«

Es ist nicht Giovanni selbst, der mich erschreckt hat. Sondern eher sein Aussehen. Gestern war sein Fell noch silbrig-grau glänzend, doch heute strahlt es in allen Regenbogenfarben: gelb, orange, rosa, lila und blau. Er sieht aus, als hätten wir Katzenkarneval.

»Ich glaub's nicht.« Katja wirkt ähnlich schockiert wie ich. Sie geht in die Hocke, um den Kater zu streicheln, doch Giovanni weicht ihr geschickt aus. So recht hat er sich mit Katja noch nicht angefreundet. »Ist Giovanni im Kunstsaal in einen Malkasten gefallen? Das sieht ja nach Sprüh-Haarfarbe aus.«

»Das ist ein Streich der Jungs, jede Wette.« Ich hebe Giovanni hoch, der meine Finger ableckt und keine Ahnung zu haben scheint, dass er heute aussieht wie ein Clown auf vier Pfoten. »Bestimmt sind die Jungs bloß neidisch, dass sie keine eigene Klokatze besitzen. Wir müssen es Direktor Oberhäusl erzählen. Sofort.«

Im Notburga-von-Sorgenfrey-Gymnasium ist die besprühte Schulkatze Gesprächsthema Nummer eins. Bis jetzt hat sich noch keiner der Schüler zu dem Vorfall bekannt, deshalb wird immer noch wild spekuliert, wer Giovanni von Kopf bis Fuß eingefärbt haben könnte.

»Vielleicht war es ja Direktor Oberhäusl selbst. Womöglich hat er die Flohschleuder zu einem Katzencoiffeur geschickt, der sich ein wenig ausgetobt hat«, hat Ernsts Kumpel Chris vorhin vermutet, während er am Frühstücksbüfett auf sein Wurstbrot gewartet hat.

»Wie kannst du das nur sagen? Das arme Tier«, hat Angelique entgegnet und ihr Näschen gerümpft. »Das ist Tierquälerei. Ich spende für das örtliche Tierheim und finde, dass man den Schuldigen einsperren sollte. Oder am besten auch mit Farbe besprühen. Mit wasserfester Farbe!«

»Tierheim? So was hat Blondie doch noch nie von innen gesehen«, hat Melanie mir gleich darauf zugeflüstert und frech gekichert. »Außerdem wurden alle von Angeliques Kosmetikprodukten an Tieren getestet. Ich hab das mal recherchiert. Alles Heuchelei.«

Um es freiheraus zu sagen: Ich war enttäuscht. Nicht wegen Angelique und den Tierversuchen (ja, deswegen natürlich auch, keine Frage!), sondern weil absolut niemand meine Botschaften auf der Klowand gelesen zu haben scheint. Die bunte Schulkatze hat die Klobotschaft über Pauline um Längen geschlagen.

Selbst Ernst redet beim Mittagessen nur über Giovanni. »Weißt du, Chloé, ich hab mir da was überlegt«, beginnt er, während er Kartoffelbrei in sich hineinschaufelt. »So eine bunte Katze wäre doch ein toller Aufhänger für meinen YouTube-Kanal. Ich dachte, man könnte den bunten Flohball bei irgendetwas filmen und daraus witzige Videos schneiden. Giovanni bräuchte auch ein Pseudonym, und nachdem Grumpy Cat so erfolgreich war, dachte ich da an Rainbow Cat. Wie findet ihr das?« Erwartungsvoll blickt er in die Runde, doch es scheint ihm niemand so recht zuzuhören. »Dann müsste man Giovanni natürlich noch dazu bringen, dämliche Dinge zu tun, was nicht allzu schwer sein sollte. Und dann brauche ich natürlich noch aussagekräftige Titel für die Videos. Rainbow Cat plumpst von der Fensterbank. Rainbow Cat auf dem Katzenklo. Oder: Rainbow Cat leckt sich den –«

»Lass gut sein, Ernst«, unterbreche ich ihn unwirsch. Für seinen dummen YouTube-Kanal habe ich nun wirklich keine Geduld. »Unterstütz mich lieber dabei, Pauline zu helfen. Wenn ich nur wüsste, wie!«

»Ich glaube, du begreifst den Ernst der Lage nicht«, erklärt Ernst und lacht sich über seinen eigenen Witz kaputt. »Weißt du eigentlich, wie schwer es ist, nach einem gigantischen Internethit wie dem *Santa Claus Toupet Terror* ein annähernd gutes Nachfolgevideo zu produzieren und die Abertausende von Fans bei der Stange zu halten? Ich habe Erwartungen zu erfüllen, Chloé.«

»Schon gut«, murmele ich matt und rolle mit den Augen. Ernst hat vielleicht Probleme. Dabei bin doch ich diejenige, die Hilfe benötigt. Nach dem riesengroßen Santa-Klaus-Frau-Kümmel-Eklat vor einigen Tagen war ich mir sicher, dass uns das Schulklo dabei behilflich sein würde, Paulines Probleme zu lösen. Aber ich hatte die Macht des stillen Örtchens wohl einfach überschätzt.

»Jetzt guck doch nicht so, Chloé.« Ernst fasst nach meiner Hand. »Und vergiss Pauline für einen Moment. Du machst ja ein Gesicht, als würden wir morgen eine Mathearbeit schreiben. Moment mal.« Er wird plötzlich blass. »Wir *schreiben* morgen eine Mathearbeit.«

Ich seufze nur. Ja, dass alle Schüler jetzt auch noch Panik schieben, weil morgen Mathe ansteht, habe ich auch schon mitbekommen. Noch dazu bei Herrn Klaus, der immer noch ziemlich sauer auf unsere Klasse ist, weil er vermutet, dass jemand von uns das Gerücht über ihn und Frau Kümmel ins Leben gerufen hat.

Mathearbeiten sind ja generell scheußlich, aber es ist

anzunehmen, dass diese Arbeit die davor in ihrer Scheußlichkeit noch übertreffen wird. Sozusagen die Mutter aller Scheußlichkeiten.

»Ich werde nichts lernen«, gebe ich zurück und stochere möglichst cool in meinem Essen herum. »Es ist sowieso schon zu spät. Wenn die zweite Arbeit im Januar eine Drei wird, kann ich im Zeugnis immer noch –«

»Bist du irre? Willst du es denn nicht mal versuchen?« Ernst starrt mich an, doch dann gleitet sein Blick zu Pauline, die sich gerade einen Nachschlag Kartoffelbrei mit Hühnchen holt. »Ich weiß, du willst immer nur das Beste, aber denkst du nicht, dass Pauline in den nächsten Tagen ohne dich zurechtkommt? Du bist ja nicht ihr Bodyguard. Außerdem lässt Angelique sie doch in Ruhe –«

In diesem Moment ertönt ein schmatzendes Geräusch, gefolgt von einem Aufschrei und Besteck, das zu Boden scheppert. Einen Augenblick später beginnen die Schüler hinter uns zu kichern.

»Oh nein«, entfährt es mir, als ich mich umdrehe. Mitten in der Kantine steht Pauline, die den Inhalt ihres Tabletts im Gesicht trägt. Ihre Nase ist mit Kartof-

felbrei verschmiert und die Soße des Hühnchens tropft von ihrer Wange auf ihr Top, bis auf den Boden.

»War das etwa …«, stottert Ernst.

»Angelique«, bestätige ich und springe von meinem Stuhl auf. »Sie hat ihr im Vorbeigehen das Tablett ins Gesicht geklatscht. Guck doch nur mal, wie Angelique und ihre Cousinen jetzt selbstgefällig grinsen. Komm schon, Ernst, wir helfen Pauline.«

Obwohl wir Pauline sofort zu Hilfe eilen, sie von den Essensresten befreien und ihr Gesicht mit Servietten trocken tupfen, konzentriert sich die Aufmerksamkeit aller Anwesenden auf sie.

Besonders die Schüler der höheren Klassen kichern und starren Pauline, Ernst und mich amüsiert an, als wären wir die Stars irgendeines bescheuerten Theaterstücks. Echt gemein! Ich möchte die mal sehen, wenn ihnen jemand ein Tablett voller Essen ins Gesicht klatscht. Wetten, dass sie das nicht so witzig fänden?

»Danke«, murmelt Pauline zerknirscht. Ihr Gesicht hat die Farbe des Himbeersafts, den sie ebenfalls auf dem Tablett hatte. Gefolgt von uns, trottet sie nach draußen auf den Flur, um den neugierigen Blicken zu entgehen. Dort lehnt sie sich gegen die Wand und ballt die Fäuste. »Das wird Angelique mir büßen, Chloé. Egal, was du vorhast, um es ihr heimzuzahlen – ich bin dabei.«

Ich pflücke den klebrigen Schokoladenkuchen aus ihren

lockigen Haaren. »Keine Sorge, Pauline. Ich weiß genau, was zu tun ist«, behaupte ich selbstbewusst, doch in Wirklichkeit sind mir die Ideen ausgegangen. Ich habe nicht die geringste Ahnung, wie ich Pauline jetzt noch helfen könnte.

Hilfe, Mathearbeit!

Zugegeben, ihr kennt mich noch nicht allzu lange, aber wenn ihr gut aufgepasst habt, habt ihr vielleicht zwischendurch mal bemerkt, dass ich hie und da ganz gute Ideen und Lösungen auf Lager habe. Und dass ich selten verzage, nicht mal dann, wenn in ganz genau drei Stunden und zwanzig Minuten eine superschwere Mathearbeit ansteht, die mir schon jetzt im Schulbus das Blut in den Adern gefrieren lässt.

Aber die Sache mit Pauline – Leute, das ist ein echt harter Brocken. So hart, dass ich gestern tatsächlich überlegt habe, meiner Mutter alles darüber zu erzählen. Immerhin wäre es möglich, dass sie als Psychiaterin gute Ratschläge auf Lager hat. Doch dann habe ich nachgedacht und mir wurde klar, was Mütter in so einem Fall gerne machen: Sie streicheln einem fürsorglich über das Haar und verkünden dabei: »Liebes, ich rufe in der Schule an und kläre das mit den zuständigen Lehrern. Die sollen sich darum kümmern.«

Mütter denken immer, sie könnten die Probleme von Jugendlichen mit einem Fingerschnippen oder einem Telefonanruf lösen. Doch so einfach ist das nicht. Denn wenn der Direktor erfahren würde, dass eine Schülerin eine Nacht lang auf dem Klo eingesperrt wurde, würde er Angelique vermutlich von der Schule werfen.

Was wiederum zur Folge hätte, dass Angeliques Mutter nicht länger Elternvereinsvorsitzende der Schule wäre. Und sie hat ziemlich viel Geld in unser Gymnasium – also auch in unser Klo – investiert. Wenn also Angelique von der Schule flöge, wäre das bestimmt das Ende für unser schönes Mädchenklo. Und das darf auf keinen Fall passieren. Allein fürs Hausaufgabenabschreiben ist es superwichtig. Und außerdem ist es doch Giovannis Zuhause.

Wo wir gerade von Giovanni sprechen, möchte ich euch noch erzählen, wie die Geschichte mit dem Regenbogenfell ausgegangen ist: Giovanni war gestern Nachmittag beim Katzenfriseur. Weil man die aufgesprühte Farbe nicht auswaschen konnte, musste der Kater geschoren werden und trägt also viel kürzeres Fell. Jetzt sieht er zwar nicht mehr so flauschig aus, aber dafür muss man ihn auch nicht ständig bürsten. Ansonsten scheint es ihm aber gut zu gehen, auch wenn man immer noch nicht weiß, wer die Sprühattacke auf ihn verübt hat.

»Was machst du denn für ein Gesicht? Steht dein Dachbodenklo etwa unter Wasser?«, hat mich mein Bruder Mika gestern Nachmittag gefragt. Mika möchte Schauspieler werden, genauer gesagt Musicalstar, und kann sich deshalb ziemlich gut in die »Gefühlswelt anderer Menschen hineinversetzen«. Das behauptet zumindest Mama. Ich hab meinen Bruder Mika echt gern, auch wenn er unter der Dusche immer so laut die Lieder aus seinem derzeitigen Lieblingsmusical *König der Löwen* singt, dass sich meine Fußnägel aufrollen. An der Stimme muss er noch arbeiten.

»Ich will nicht darüber reden, Mika«, habe ich bloß geantwortet und mich zur Seite gedreht.

»Komm schon, Chloé. Du machst ein Gesicht wie damals beim DVD-Abend, als Bambis Mutter gestorben ist«, hat Mika behauptet und mir übers Haar gestreichelt. »Wo drückt der Schuh?«

Ich weiß, eigentlich wollte ich niemandem davon erzählen, aber dann hab ich doch geplaudert. Ich habe meinem Bruder von Pauline erzählt, von Angelique und ihren gemeinen Übergriffen, von meinem gescheiterten Versuch, Paulines Ruf auf dem Klo wiederherzustellen, und von dem Hähnchen mit Brei in ihrem Gesicht.

Doch Mika hat bloß mit den Schultern gezuckt und gemeint: »Ach, Chloé, du darfst dir dafür keine Schuld geben. Pauline muss an ihrem Selbstbewusstsein arbeiten. Schau mich an: Ich war früher auch total schüchtern, aber jetzt spiele ich in unserer Schulaufführung beim Herbstfest eine der Hauptrollen.« Er machte eine ausladende Geste mit den Armen und warf sich in Pose. »Tadaaa!«

»Wirklich?« Ich wusste, dass die Theatergruppe für das Fest zum fünfjährigen Bestehen unserer Schule ein Musical plant, aber dass mein Bruder darin eine Rolle ergattert hat, hat er mir noch nicht verraten. »Welche Rolle denn?«

»Das Warzenschwein. Ist das nicht toll?« Mika hat über beide Ohren gegrinst. »Das ist meine absolute Traumrolle. Pauline könnte sich auch für eine Rolle bewerben. Madame LeGrand, die Theaterlehrerin, liebt mich nämlich und bewundert meine ausdrucksstarke Bühnenpräsenz. Wer weiß, vielleicht könnte ich Pauline zu einer Rolle verhelfen. Eine Hyäne wäre noch frei. Oder ein Affenweibchen.«

»Danke«, habe ich nur abgewinkt. Ich glaube, Paulines Coolness-Faktor würde unter der Theatergruppe eher leiden – besonders wenn die Arme eine Hyäne oder einen Affen spielen müsste. Denn ehrlich gesagt machen sich viele Schüler über die Theatergruppe lustig, aber das würde ich Mika natürlich nie so sagen.

»Dann ist ja alles klar. Hakuna Matata, Chloé«, hat Mika gesagt, mir dabei aufmunternd auf die Schultern geklopft und ist aufgestanden und gegangen, vermutlich um weiter an seiner »ausdrucksstarken Bühnenpräsenz« zu arbeiten. Nach dem Gespräch ging es mir keinen Deut besser, im Gegenteil, ich hatte noch mehr Fragen als zuvor. Zum Beispiel, was Hakuna Matata bedeutet.

»Jetzt guck doch nicht so deprimiert!«, erklärt jetzt auch Melanie und holt mich ins Hier und Jetzt zurück. Sie sitzt neben mir im Bus und sieht mich aufmunternd an. »Wir haben noch drei Stunden, bis die Mathe-Katastrophe beginnt. Und eine Stunde davon haben wir Religion. Da machen wir doch ohnehin nicht viel, die könnten wir noch mit Lernen verbringen, was meinst du? Wir könnten so tun, als hätten wir etwas Falsches gegessen und müssten uns alle zehn Minuten übergeben. Dann laufen wir einfach aufs Klo. Und dort könnten wir dann lernen.«

Hm. Die Idee, irgendeine üble Verdauungsstörung vorzutäuschen (das Essen in der Kantine ist ohnehin immer sehr dubios), ist gar nicht so schlecht. Aber selbst wenn Melanies Plan aufginge – während des Religionsunterrichts zu lernen, wäre eindeutig zu wenig, um Mathe noch zu verstehen.

Ernst hat es gut. Weil er die sechste Klasse schon zum zweiten Mal macht, hat er in den wenigsten Fächern Probleme. Bestimmt musste er gar nicht erst lernen, sondern konnte gestern in aller Seelenruhe an seinem tollen neuen YouTube-Kanal basteln. Pah.

Apropos Ernst. Normalerweise nimmt er denselben Bus wie wir, aber heute ist sein blonder Haarschopf weit und breit nicht zu sehen. Eine böse Vorahnung macht sich in mir breit.

»Wo ist eigentlich Ernst?«, frage ich Melanie. »Sag nicht, er macht heute krank. Das würde ihm ja wieder ähnlich sehen.«

»Vielleicht hat er ja heute einen früheren Bus genommen, um noch ein wenig zu lernen«, meint Melanie schulterzuckend.

Doch als wir die Schule betreten, fehlt jede Spur von Ernst. Dafür entdecken wir auf dem Weg zur ersten Stunde Pauline, die gerade ihren Sportbeutel aus dem Spind holt. In der ersten Stunde steht nämlich Sport auf dem Stundenplan, ein Fach, das Pauline und ich ungefähr gleich sehr hassen.

Zu dritt machen wir uns auf den Weg durch die endlosen, etwas muffig riechenden Gänge bis zur Sportumkleidekabine. Als wir dort die Tür aufstoßen, herrscht bereits rege Betriebsamkeit unter den Mädchen. Katja unterhält sich angeregt mit Emma, während Sybille in den Sportklamotten ein Freudentänzchen aufführt und Anna mit einem breiten Grinsen im Gesicht eine Nachricht auf ihrem Handy tippt.

Wie merkwürdig! Kurz vor einer Mathearbeit herrscht bei uns für gewöhnlich eine Stimmung, als wäre kurzfristig Weihnachten ausgefallen. Die meisten Mädchen sind so aufgeregt, dass sie vor Nervosität kaum noch essen – und wenn, dann kauen sie höchstens an ihren Fingernägeln. Und Sybille – die, die soeben tanzt, als hätte sie heute Geburtstag – ist normalerweise kurz vorm Heulen.

»Paula!«, ruft Sybille, als sie uns entdeckt, und stürmt auf uns zu. Gerade, als ich mich frage, wer wohl Paula ist, mischt sich auch schon Anna ein.

»Sie heißt Pauline!«, korrigiert sie. »Du behauptest, ihre Freundin zu sein, aber kennst noch nicht mal ihren Namen. Pauline und ich waren neulich zusammen auf dem Klo. Nicht wahr, Pauline?«

»Nicht zusammen, sondern zufällig gleichzeitig«, entgegnet Pauline und runzelt skeptisch die Stirn. Vermutlich fragt sie sich dasselbe wie ich: und zwar, was hinter dem merkwürdigen Verhalten der Mädchen steckt. Irgendein neuer hinterlistiger Plan von Angelique, die die anderen Mädchen in unserer Klasse dazu angestiftet hat. Aber warum fehlt dann von Angelique und ihrer Clique jede Spur?

»Kommt schon, ihr hattet doch bis jetzt noch nie etwas mit Pauline zu tun«, mischt sich Katja ein und baut sich vor den beiden auf. »Jetzt, wo Pauline uns geholfen hat, tut ihr plötzlich so, als würdet ihr sie kennen. Aber Chloé und ich kennen sie schon viel länger als ihr.«

Mit einem Schlag werde ich stinkwütend auf meine Freundin Katja. Sie fand meine Idee, Pauline zu helfen, ja immer blöd, und plötzlich tut sie, als wäre auch sie Paulines Freundin. Etwas unsanft schnappe ich Katja am Ärmel ihres Sportshirts und ziehe sie aus der Umkleide in den Flur, wo uns niemand hören kann.

»Was ist hier eigentlich los?« Auch wenn Katja meistens selbstbewusster ist als ich – ich versuche, einen verärgerten Blick aufzusetzen. »Ist jetzt plötzlich das Pauline-Fieber ausgebrochen? Ist das ein Trick? Oder hat endlich jemand meine Botschaften auf den Wänden gelesen?«

»Weder noch.« Katja lehnt an der Wand und guckt triumphierend. »Ich glaube, du solltest mal in deinen Sportbeutel gucken, Chloé. In jedem einzelnen Beutel, auch in denen der Jungs, wartet ein Blatt Papier, das für den Verlauf der Mathearbeit heute nicht unerheblich sein könnte.«

»Wie bitte?«, frage ich verwirrt und nehme rasch den Sportbeutel von meiner Schulter. Vorhin, als ich den Beutel aus meinem Spind geholt habe, habe ich nicht nachgeguckt, ob alle meine Sportklamotten drin sind. Der Inhalt hat sich von außen angefühlt wie immer, also bin ich nicht auf die Idee gekommen, dass sich womöglich jemand daran zu schaffen gemacht hat.

Aber nun finde ich zwischen meiner Sporthose und meinen orangefarbenen Turnschuhen ein gefaltetes weißes Blatt Papier. Als ich es öffne, sehe ich in ordentlicher Handschrift fünf mathematische Rechenbeispiele mit Lösungen. Ganz oben steht in dicken Buchstaben: »Mathearbeit der 6a. Viele Grüße, Pauline.«

»Ist das etwa –«, wispere ich ehrfurchtsvoll. Meine Hand, die das Papier hält, zittert regelrecht vor Aufregung.

Katja nickt. »Das ist unsere Mathearbeit, die wir in weniger als drei Stunden schreiben werden. Inklusive der Lösungen.« Sie grinst bis zu den Ohren und deutet auf das Blatt in meinen Händen. »Ich habe keine Ahnung, wie Pauline es geschafft hat, dem Weihnachtsmann das hier zu mopsen. Fest steht bloß, dass die Aktion verdammt cool war.«

Ich bin geplättet. Dass Pauline Herrn Klaus die Mathearbeit geklaut hat, hat sie mir vorhin auf dem Weg zur Garderobe gar nicht erzählt. Und wie hat sie es geschafft, die Kopien so schnell auszuteilen?

Gerade, als ich zurück in die Umkleide gehen will, um sie danach zu fragen, wird die Tür geöffnet und Pauline tritt zu uns auf den Flur. Sie hält ein Blatt Papier in den

Händen, das genauso aussieht wie das, was in meinem Beutel war.

»Chloé«, flüstert sie erschrocken. »Ich … weiß nicht, was das zu bedeuten hat. Ich hab das nicht verteilt. Ich wüsste ja noch nicht mal, wie ich es anstellen sollte, Herrn Klaus die Aufgaben –«

»Moment mal«, unterbricht uns Katja. Sie sieht aus, als hätte sie plötzlich einen Knoten im Kopf. »Soll das heißen, du warst das gar nicht, die die Lösungen an alle Schüler aus unserer Klasse verteilt hat? Aber wer war es dann? Und warum sollte er oder sie ›Viele Grüße, Pauline‹ draufschreiben?«

Das würde ich auch gerne wissen. Wer in aller Welt würde denn so etwas Mutiges tun und dann jemand anderen die Lorbeeren ernten lassen?

»Wir müssen es klarstellen«, erklärt Pauline. Die ganze Angelegenheit scheint sie ziemlich nervös zu machen, denn sie tritt von einem Bein aufs andere. »Chloé, Katja, wir müssen sofort sagen, dass ich nichts damit zu tun habe. Sonst denken die anderen Mädchen noch, dass ich –«

»Dass du richtig cool bist?«, fragt Katja mit hochgezogenen Augenbrauen.

»Eine Diebin bin«, korrigiert Pauline.

»Nichts da«, unterbreche ich die beiden. Wie die Blätter in die Sportbeutel unserer Klassenkameraden gekommen sind, weiß ich zwar nicht, aber das Ganze könnte äußerst nützlich für unseren Plan sein. »Wir werden natürlich nicht sagen, dass du es nicht warst.«

Pauline runzelt die Stirn. »Aber –«

»Guck doch nur mal, was passiert ist!« Ich deute auf die Tür, hinter der sich Emma, Sybille und Anna befinden. »Die da wollen dir plötzlich die Füße küssen. Sind stolz darauf, dich zu kennen. Jede Wette, dass du heute mindestens zwanzig neue Freundschaftsanfragen auf Facebook bekommst. Sogar von den Jungs.«

»Aber das wäre … eine Lüge«, murmelt Katja.

»Außerdem Betrug«, ergänzt Pauline.

»Ach was. Solange keiner der Lehrer es rausfindet, bekommst du auch keinen Ärger«, versichere ich Pauline und deute mit dem Kinn in Richtung der Garderobentür. »Allerdings musst du jetzt mitspielen. Am besten, du tischst Emma, Anna und Sybille gleich eine unglaublich tolle Geschichte auf. Und zwar, wie du es geschafft hast, Herrn Klaus vorhin aus dem Lehrerzimmer zu locken, dich hineinzustehlen, die Arbeit von seinem Tisch zu klauen und dann unbemerkt den Weg bis zum Kopierer zurückzulegen.«

»Aber –«, protestiert Pauline.

»Allerdings brauchen wir in unserer Geschichte noch mehr Gefahr«, ergänze ich. »Jetzt hilf mir doch mal, Katja.«

Katja betrachtet Pauline und seufzt. »Gefahr. Okay. Kurz bevor du den Kopierer erreicht hast, ist dir Frau Wannemaier entgegengewackelt, unsere dicke Sekretärin mit den haarigen Beinen. Also hast du dich unter ihrem Tisch versteckt und so lange keinen Mucks von dir gegeben, bis die Luft rein war. Und als du die kopierte Arbeit zurückbringen wolltest, hat dich auch noch der riesengroße Dobermann der Biolehrerin verfolgt, den sie immer mit in die Arbeit nimmt. Rufus. Er hätte dir beinahe das Bein abgebissen, doch mit einer dreifachen Judo-Rolle konntest du dich in Sicherheit bringen.«

Pauline stöhnt. »Ich bin doch nicht Chuck Norris.«

»Aber das werden sie glauben. Unser Lügenmärchen ist nämlich einsame Klasse!« Begeistert klatsche ich in die Hände. »Los jetzt, Pauline. Zeigen wir denen, wer hier die Coolste ist.«

EnzyKLOpädie

Kloweisheit #4:

Die meisten Menschen
hierzulande sagen entweder
„Klo“, „Toilette“ oder „WC“,
aber wusstet ihr,
dass es noch eine ganze Menge
weitere Wörter für das stille
Örtchen gibt?
Da wären zum Beispiel:
Abort, Klosett, Latrine, Null-Null,
Lokus, Topf, Bedürfnisanstalt
oder auch „da, wo der Kaiser
zu Fuß hingeht“.

Jetzt wird es Ernst

Dank Pauline (oder eher dank dem unbekannten Wohltäter, der die Aufgaben gemopst hat) hatten wir alle eine glatte Eins in Mathe. Santa Klaus hat zwar geahnt, dass hier etwas nicht mit rechten Dingen zugegangen ist, aber da er nicht beweisen konnte, dass wir die Aufgaben vorher gesehen hatten, konnte er uns auch nichts anhaben.

»Übrigens, das mit den geklauten Mathearbeiten war ich«, sagt Ernst unvermittelt im Kunstunterricht, nachdem er mir zuvor jede Menge belangloses Zeug über seinen YouTube-Kanal erzählt hat.

Wie vom Donner gerührt lasse ich meinen Pinsel fallen und starre Ernst an. Kunst ist eins meiner Lieblingsfächer und normalerweise bin ich darin äußerst konzentriert, aber dieses Geständnis verschlägt mir nun echt die Sprache. »Du warst das? Aber warum hast du … warum –«

»Oh, bitte.« Ernst winkt ab. »Warum? Ich glaube, du

weißt, warum. Ich konnte dein Gejammer über Pauline nicht mehr mit anhören. Frag mich lieber nach dem Wie.«

Ich schnaube. »Okay. *Wie* hast du es angestellt, die Mathearbeit zu klauen?«

»Tja.« Ernst formt aus seinen beiden Händen ein Dreieck, als wollte er damit besonders ausgefuchst und durchtrieben wirken. »Sagen wir mal, mein Plan bestand aus ausführlicher Recherche, einem Abführmittel aus dem Medizinschrank meiner Mutter und einem Kugelschreiber, der, wenn man auf die Spitze drückt, tropfenweise Flüssigkeit abgibt. Ich habe den früheren Bus genommen, den, den auch Herr Klaus nimmt, habe mich neben ihn gesetzt und heimlich ein paar Tropfen von Mamas Wundermittel in seinen Kaffeebecher getan.« Er kichert. »An der Schule hatte es der Klaus plötzlich richtig eilig, aus dem Bus zu kommen. Und ich konnte seelenruhig ins Lehrerzimmer schleichen, während der Alte eine gute halbe Stunde auf dem Lehrerklo verbracht hat.«

Ach du liebe Zeit. Dieser Plan war widerwärtig. Eklig. Unverzeihlich. Aber mit seiner mutigen, wenn auch geschmacklosen Aktion hat Ernst es geschafft, Pauline zur coolsten Schülerin aller Zeiten zu machen. Noch cooler als der Junge, der für das Fußballteam der Schule in der letzten Sekunde noch ein entscheidendes Tor geschossen hat und den sie ein Jahr lang »Gott« genannt haben.

»Du kannst dich später bedanken«, fügt Ernst hinzu,

zuckt mit den Schultern und klickt wieder auf seinem Smartphone rum. Plötzlich klopft er mit der flachen Hand auf den Tisch. »Ach du dickes Ei! Oliver Pocher hat gerade meinen Kanal abonniert.«

Damit scheint die Sache für Ernst erledigt und so widme ich mich wieder meinem Kunstwerk. Als ich schließlich kurz vor dem Ende der Kunststunde auf die Mädchentoilette gehe, um meine Pinsel auszuwaschen, taucht plötzlich Angeliques Cousine Jacqueline neben mir auf.

Sie stupst mich in die Seite. »Du bist doch Paulines beste Freundin, nicht wahr?«, fragt sie und sieht mich gespannt an, während sie den Inhalt ihres Wasserglases in den goldenen Waschtisch kippt und das kleine Pedal unten am Waschbeckenkasten betätigt.

Neugierig blicke ich hoch. Jacqueline ist normalerweise eher schüchtern, außerdem kann ich mich nicht erinnern, wann ich zum letzten Mal mit ihr geredet habe. Vielleicht vor einigen Monaten in der Aula, als sie »Danke« gesagt hat, weil ich ihr die Tür aufgehalten habe. Jacqueline und ich sind ganz sicher keine Freundinnen. Umso merkwürdiger, dass sie mir plötzlich etwas zu sagen hat.

»Ähm, ja. Pauline und ich sind Freundinnen.« Pauline nach wenigen Wochen schon als meine beste Freundin zu bezeichnen, wäre etwas übertrieben, aber ich will Jacqueline auch nicht widersprechen. Ich bin viel zu gespannt, was sie mir zu sagen hat.

»Wir haben heute diese Nachrichten auf dem Klo gelesen«, beginnt sie schüchtern und nimmt sich etwas von der Pflaumen-Macadamianuss-Seife. »Alle haben sie gelesen. Seit der Sache mit der Mathearbeit spricht jeder über Pauline und ich wollte bloß wissen, ob es wirklich stimmt, dass ihr Vater ein bekannter Rockstar ist.«

»Oh. Echt?«, frage ich verdutzt. Na endlich! Endlich zeigt meine Klo-Lügen-Strategie ihre Wirkung. Ich hatte schon fast mein Vertrauen in unser stilles Örtchen verloren.

»Da steht es. Dort drüben an der Wand, in Pink.«

»Ach, das. Natürlich stimmt das«, antworte ich cool und entscheide mich heute für Orangen-Limetten-Seife. Es gibt hier immer verschiedenste Seifen und Handcremes zur Auswahl, da macht das Händewaschen gleich viel mehr Spaß. »Die Band ihres Vaters, Schrammstein, ist zwar hierzulande sehr unbekannt, aber in Japan sind sie Megastars. Füllen riesige Konzerthallen. Ihr Vater nennt sich ›der Schramm‹ und hackt im Winter Holz mit seinen bloßen Händen. Ich hab's selbst gesehen.«

Ich bin selbst erstaunt, wie leicht mir diese Lügen über die Lippen gehen. Vielleicht sollte ich sicherheitshalber alle Lügen in mein Büchlein aufschreiben, in dem ich das *Projekt Pauline* dokumentiere. Denn wie ein chinesisches Sprichwort sagt: Wer viel lügt, braucht ein gutes Gedächtnis.

»Wow. Ein Rockstar als Vater, das ist so abgefahren. Und dann auch noch den schwarzen Gürtel in Judo!« Jacqueline sieht mich unsicher an. »Meinst du, ich könnte … ein Autogramm bekommen?«

»Äh … klar«, murmele ich, da drängt sich plötzlich Angelique zwischen uns. Heute trägt sie ein rosarot gepunktetes Kleid, eine dazu passende Tasche, eine Kette mit Schmetterlingsanhänger und duftet nach Erdbeerparfum.

»Blödsinn. Alles ausgemachter Blödsinn«, mischt sie sich ein. »Paulines Vater ist nie und nimmer Rockstar. Und Eidechsen hat Pauline auch nicht als Haustiere. Bestimmt hat sich das der Schreiber der Botschaft bloß ausgedacht.« Sie dreht sich zur Klowand und untersucht meine Botschaft, dann fixieren ihre blauen Augen plötzlich mich. »Wahrscheinlich hast du das geschrieben.«

Ich hätte gut Lust, ihr ein Glas Wasser ins Gesicht zu schütten. »Das ist eine böse Unterstellung. Alles, was hier steht, ist wahr! Natürlich ist Paulines Vater ein echter Rockstar. Frag doch … irgendeinen Japaner. Jeder in Japan kennt Schrammstein!«, rege ich mich auf und hoffe inständig, dass Angelique keinen Japaner kennt.

Angelique rollt mit den Augen. »Und hat diesen berühmten Vater eigentlich irgendjemand schon mal in natura gesehen? Und was ist mit den Echsen? Sie könnte die Tiere doch einfach mal mit in die Schule nehmen. Aber das wird Pauline sicher nicht machen, denn sie hat ja gar keine.« Wütend zieht sie ihren Lippenstift aus der Tasche und beginnt, auf den großen Spiegel über dem Waschtisch zu schreiben. »Pauline ist eine Lügnerin!« steht wenig später in krakeligen roten Buchstaben quer auf der Spiegeloberfläche.

In diesem Moment betreten drei Mädchen aus unserer Klasse die Toilette, tuscheln und verschwinden dann in eine der Kabinen.

»Pauline ist *keine* Lügnerin.« Ich kann förmlich spüren, wie der Ärger in mir hochquillt. Am liebsten würde ich Angeliques Kopf in die Kloschüssel tauchen. »Und ich werde es euch beweisen.«

»Ich dachte mir ja von Anfang an, dass die Idee mit den Lügenmärchen nicht funktionieren kann«, behauptet Ernst. »Wenn du weiterhin solche haarsträubenden Lügen über Pauline erzählst, wird sie bald keiner mehr glauben. Irgendwann führt die Spur zu dir, und dann bist du die Nächste, die ein Tablett ins Gesicht geknallt bekommt, Chloé. Bäm!« Ernst klatscht in die Hände. »Hoffentlich passiert das nicht, wenn es Spaghetti mit Fleischklößchen gibt. Ich glaub nämlich nicht, dass dir Fleischbällchen im Haar stehen.«

Heute bin ich bei Ernst zu Besuch, dessen Zimmer seit

wenigen Tagen aussieht wie ein Fernsehstudio. Von seinem Taschengeld hat er sich eine weiße Leinwand gekauft, außerdem hat er seine Schreibtischlampe so ausgerichtet, dass ihr Lichtkegel auf einen Punkt vor der Leinwand zeigt. Sogar ein Stativ für sein Handy hat er sich besorgt.

»Wie lieb, dass du dich um mich sorgst«, antworte ich böse.

»Ist doch wahr.«

»Dann müssen wir eben sicherstellen, dass meine Geschichten nicht auffliegen«, erkläre ich ihm. Da kommt mir eine Idee. »Wir sollen uns doch in Bio eine Tierspezies aussuchen und ein Referat darüber halten. Wenn Pauline tatsächlich zwei echte Bartagamen mitbringt, wird jeder glauben, das wären ihre Haustiere. Ich muss mir bloß Katy und Perry von Mika ausborgen.«

Ernst nickt. »Könnte sein, dass das klappt. Aber wie wollen wir Pauline so schnell Judo beibringen? Und wie machen wir ihren Vater zu einem echten Rockstar?«

»Wir finden schon noch eine Lösung«, erkläre ich selbstsicher und zücke mein *Projekt Pauline*-Notizbuch. Ich habe beschlossen, alle Lügen genauestens zu dokumentieren. In meinem Notizbuch habe ich bereits die Sache mit den Bartagamen, dem Rockstar-Dad und die Sache mit dem schwarzen Gürtel notiert.

»Für die Sache mit dem schwarzen Gürtel habe ich vielleicht eine Lösung parat«, erklärt Ernst plötzlich, steht auf und geht an seinen PC. Er ruft Google auf, tippt etwas in die Suchleiste und zeigt mir prompt einen Zeitungsausschnitt auf seinem Bildschirm. Es ist ein Artikel über ein Mädchen, das bei der Weltmeisterschaft im Judo eine Medaille gewonnen hat. Darunter steht: »Mareike Himmelbauer (12). Junioren-Judoweltmeisterin holt den Titel in China.«

»Jetzt brauche ich allerdings deine Hilfe, Chloé. Hast du ein Foto von Pauline für mich?«, fragt Ernst.

»Klar. Sie hat einige auf ihrer Facebook-Seite«, antworte ich, schnappe mir seine Maus und logge mich ein. Dann rufe ich Paulines Profil auf. »Wozu brauchst du das denn?«

»Wirst du gleich sehen«, antwortet Ernst und schneidet

Paulines Kopf von dem Foto aus. Anschließend montiert er ihn mit wenigen Mausklicks auf den Körper der Gewinnerin aus dem Zeitungsausschnitt. Nun glättet er noch ein paar Übergänge, sodass es tatsächlich so aussieht, als sei das Mädchen auf dem Bild Pauline. Wahnsinn, was man mit Bildbearbeitungsprogrammen alles so anstellen kann!

»Tadaa. Sieht doch toll aus, die neue Pauline, in China, mit ihrem schwarzen Gürtel und ihrer Medaille. Und mehr Busen hat sie plötzlich auch bekommen«, erklärt Ernst zufrieden, während er die Namen in dem Artikel überschreibt. »Pass auf, Chloé. Morgen hängst du einige Kopien am Mädchenklo auf, hast du verstanden? Niemand wird erkennen, dass es sich um ein Fake handelt.«

»Danke, Ernst.« Vor lauter Begeisterung umarme ich ihn. »Du bist der Allerbeste. Und das ist mein voller Ernst.«

»Ja, ja, schon gut. Bedank dich lieber, indem du meinen Kanal abonnierst.« Ernst wirkt irgendwie verlegen und drückt mich sanft von sich weg. »Nur die Sache mit dem Rockstar kann ich nicht lösen. Paulines Vater ist sicher ein ultraspießiger Typ, Marke Bilanzbuchhalter, mit dicker Brille und orthopädischen Einlagen in den Schuhen. So einem Typen kann kein Mensch der Welt Coolness antrainieren.«

»Ich kenne bloß ihren Stiefvater«, gebe ich zu und denke an den viel zu braun gebrannten Mann am Steuer des Sportwagens neulich vor unserer Haustür. »Der

sieht auch nicht gerade wie ein Rockstar aus. Sondern eher wie ein Hühnchen, das zu lange im Ofen war.« Mit einem Mal kommt mir eine Idee. »Aber vielleicht müssen wir Paulines Vater gar nicht zu einem Rockstar machen. Sag mal, Ernst, du hast doch diesen Onkel, der immer mit Lederjacke und Bikerstiefeln rumläuft und neulich mit seinem Motorrad durch Amerika gefahren ist.«

Ernst nickt. »Onkel Manfred. Worauf willst du hinaus, Chloé?«

»Na ja, also … dein Onkel Manfred ist doch ziemlich cool, oder?«

»Megacool.« Ernst sieht mich fragend an, dann dämmert es ihm und er beginnt zu grinsen. »Dass ich da nicht selbst draufgekommen bin. Der Plan ist genial!«

Echte Eidechsen und ein falscher Rockstar

»Ich kann nicht glauben, dass du deinem Bruder tatsächlich seine Haustiere gemopst hast«, verkündet Ernst ein paar Tage später vor der Biologiestunde.

»Nicht gemopst. Geliehen«, korrigiere ich.

»Ach so.« Ernst kichert. »Und wie hast du es geschafft, diese Riesenungeheuer unbemerkt in die Schule zu transportieren?«

»Hey! Ich finde Katy und Perry niedlich«, beschwere ich mich und stupse ihn unter der Bank in die Seite.

»Na gut.« Ernst seufzt. »Wie hast du es geschafft, diese niedlichen Ungeheuer unbemerkt in die Schule zu transportieren?«

»Ach, das war gar nicht so schwer. Ich habe die beiden Bartagamen mit ausreichend Wasser und Futter in einen riesigen Umzugskarton mit Luftlöchern gesteckt und Mama und Papa erzählt, dass ich ein geheimes Physikprojekt in die Schule bringen möchte«, erkläre ich. »Mama hat mich heute sogar in die Schule gefahren.«

Zugegeben, etwas gewöhnungsbedürftig sind Mikas Haustiere schon. Katy ist fast dreißig Zentimeter lang, hat gelbgrüne Schuppen und kurze Beinchen, während Perry sogar beinahe vierzig Zentimeter misst und ein bisschen dunkler gefärbt ist. Beide haben Stacheln auf Rumpf, Beinen und Schwanz, außerdem eine ziemlich spitze Stachelreihe am Unterkiefer, die ein wenig wie ein Bart aussieht. Daher kommt auch der Name der Tierchen – Bartagamen.

Bis jetzt haben wir es geschafft, Katy und Perry von den anderen Kindern fernzuhalten, sodass niemand Verdacht schöpft – denn immerhin sollen die beiden erst während Paulines Referat in der zweiten Stunde ihren großen Auftritt haben. Jetzt schlafen sie im Umzugskarton in der Ecke des Klassenzimmers.

Dieses Jahr haben wir von unserer Biologielehrerin Frau Franz die Aufgabe bekommen, jede Woche eine neue, unbekannte Tierart vorzustellen. Die anderen Schüler haben sich bis jetzt allerdings nur ziemlich schräge Fische für ihre Referate ausgesucht: den Rotlippen-Fledermausfisch (eine Mischung aus Fisch und Fledermaus), den Anglerfisch (ein Fisch mit langen Zähnen, der eine Laterne mit sich herumführt, um Beute anzulocken) und den Blobfisch, ein schleimig aussehender Fisch, der erst kürzlich den Titel »hässlichstes Tier der Welt« bekommen hat. Den hat sich natürlich Ernst ausgesucht, wie ihr euch vielleicht schon gedacht habt.

Bisher haben fast alle Schüler eine Eins bekommen, außer Fred, der Einhörner vorgestellt und das Thema leider nicht so ganz verstanden hat.

Diese Woche ist endlich Pauline dran. Und damit ihr Referat über Bartagamen ein echter Knaller wird, haben wir Katy und Perry mit im Gepäck. Damit schlagen wir zwei Fliegen mit einer Klatsche: Pauline bekommt eine gute Note in Biologie, außerdem kennt dann jeder ihre beiden Haustiere.

Als es zur zweiten Stunde läutet, bin ich richtig aufgeregt. Unsere Biologielehrerin Frau Franz nickt Pauline aufmunternd zu, als sie mit ihrem Notizzettel nach vorne geht, um mit ihrer Präsentation zu beginnen.

Weil ich bei *Projekt Pauline* nichts dem Zufall überlasse, haben Pauline und ich den Ablauf des Referats genau durchgesprochen. Zuerst erzählt Pauline alles Wissenswerte über Bartagamen. Zum Beispiel, dass die Tiere zur Gruppe der Eidechsen gehören, oft in den Wüstengebieten Australiens beheimatet sind und bis zu sechzig Zentimeter lang werden können.

In der Klasse scheinen Bartagamen gut anzukommen. Anstatt wie sonst unterm Tisch an den Handys zu hängen, verfolgen alle Paulines Referat aufmerksam mit, einige

Jungs stellen sogar Fragen. Nur Angelique verzieht ständig ihr Gesicht. Besonders, als Pauline erwähnt, dass die Tierchen nicht nur Gemüse, sondern auch Insekten fressen.

»Die fressen lebende Insekten? Das ist ja widerlich«, kommentiert sie und schiebt ihr Pausenbrot ein Stück von sich weg, so als sei ihr der Appetit vergangen.

Frau Franz räuspert sich. »Nun lass Pauline doch mal ausreden, Angelika.«

»Ich heiße Angelique«, ruft Angelique aufgebracht. »Ich verstehe einfach nicht, wie irgendjemand so ein Ungeheuer cool finden kann. Der Blobfisch letzte Woche war ja schon eklig. Aber die hier? Igitt!«

»Ach, halt doch die Klappe, Angelika«, ruft Ernst ihr zu. »Du hast einen weißen überzüchteten Pudel mit dem Hirn einer Rosine zu Hause. Der ist so dumm, der ist neulich im Einkaufszentrum gegen eine verschlossene Glastür gelaufen. Ich hab's gesehen.«

»Das ist nicht wahr! Marie-Therese ist nicht dumm, sie ist einfach nur kurzsichtig.« Angelique schnaubt.

»Genug jetzt! Ernst, Angelika, hört auf zu streiten«, unterbricht Frau Franz die zwei. »Jeder darf die Haustiere halten, die er möchte. Na ja, außer vielleicht Berggorillas. Die hält man nicht als Haustiere. Oder Schneeleoparden.«

»Das ist doch alles Quatsch«, ruft Angelique erneut dazwischen. »Pauline hat gar keine echten Bartagamen als Haustiere.«

»Ich glaube, du täuschst dich«, mische ich mich ein, stehe auf und gehe ganz nach hinten, wo Pauline, Ernst und ich die Kiste mit den Bartagamen versteckt haben. Es ist Zeit, die Katze aus dem Sack zu lassen. Oder eher die Echsen aus der Box. »Denn Pauline hat ihre Haustiere sogar mitgebracht.«

Ein begeistertes Raunen geht durch die Klasse. Alle Blicke richten sich mit einem Mal auf die braune Schachtel, die ich nun durch die Bankreihen bis nach vorne zu Pauline und Frau Franz schiebe.

»Darf ich vorstellen? Meine Haustiere Katy und Perry! Zwei waschechte Bartagamen«, verkündet Pauline stolz und öffnet die Kiste. »Und um dich zu beruhigen, Angelique, die beiden hier fressen kaum Insekten, sondern meistens Gemüse. Huch, wo sind sie denn?«

Die Kiste ist leer. Am Boden der Box befinden sich bloß die Schüssel mit Wasser, Stroh und das getrocknete Gemüse, das wir den beiden Bartagamen bereitgelegt haben. Von den Tierchen selbst fehlt jede Spur.

Paul und Jonas, zwei Jungs, die ich nicht leiden kann, kichern. »Hast sie wohl zu Hause vergessen, deine Mini-Dinosaurier«, spottet Paul.

»Unmöglich. Die waren doch eben noch da«, rufe ich und sehe auch unter dem Stroh nach. Nichts. Die Echsen sind wie vom Erdboden verschluckt. Als ich jedoch das Wassergefäß zur Seite schiebe, entdecke ich ein handteller-

großes Loch in der linken Ecke der Box. Sieht ganz so aus, als wären die zwei ausgebüxt.

»Sie sind ihr entwischt«, lacht jetzt auch Marie, Angeliques Cousine. »Haben einen Flieger nach Australien genommen, zurück in ihre Heimat.«

Nun wird Pauline unruhig. »Chloé, wo sind sie denn?«, wispert sie. Schweißtropfen bilden sich auf ihrer Nase. »Ich dachte, du hast Katy und Perry von zu Hause mitgebracht.«

Ich schlucke fest. »Hab ich auch.«

»Aber wo sind sie dann?«

»Sie sind weg.«

»Wie weg?«

»Einfach weg.«

Suchend gleitet Paulines Blick die Bankreihen entlang nach hinten. »Aber wie kann das sein?«

»Keine Ahnung. Vorhin waren die beiden noch –«

»Die Tiere sind tatsächlich entlaufen?«, mischt sich Frau Franz ein. Eigentlich ist sie eine meiner Lieblingslehrerinnen, jung, hübsch und witzig. Aber jetzt wirkt sie plötzlich streng. »Aber wo könnten sie denn sein?«

Allmählich wird die Klasse unruhig. Ich höre ein paar ängstliche »Igitts« und »Aaahs«, einige Mädchen ziehen die Beine ein. Noch immer fehlt von den Tieren jede Spur.

»Kein Angst, Mädchen«, erklärt Ernst, springt von seinem Platz auf und hebt die Hand, als wäre er ein zu Hilfe geeilter Polizist. »Die Echsen können euch nichts tun. Und ihre Zähne sind außerdem auch nicht spitz. Na ja, für einen ordentlichen Biss wird's bestimmt reichen, aber das tun sie nur, wenn man sie provoziert.« Er greift nach seinem Handy. »Es stört doch keinen, wenn ich das hier filme, oder? Ich weiß auch schon, wie ich das Video nenne: *Jurassic Park – Rückkehr der Urzeitmonster*. Hinterlegt mit ein paar schaurigen Klängen wird das Video der nächste YouTube-Knaller!«

»Ernst, pack dein Handy weg«, schimpft Frau Franz. »Ich meine es ernst.«

»Die … die sind doch nicht giftig, oder?«, quiekt Angelique jetzt. Von ihrer Coolness ist nichts mehr übrig, außerdem ist sie blass wie ein Stück Käse.

»Nö, das nicht«, beruhigt Ernst, der immer noch filmt. Er richtet das Objektiv seiner Handykamera auf die Schulrucksäcke entlang der Bankreihen. »Aber äußerst verfressen. Hat irgendjemand von euch zufällig Maden oder Heuschrecken dabei?«

»Klar, Mann! Zur Vorbereitung aufs Dschungelcamp«, lacht Paul in der ersten Reihe, der sich anscheinend gut amüsiert.

»Oder vielleicht Gemüse?«, ergänze ich hilflos. »Tomaten und Salatblätter mögen Katy und Perry besonders –«

»Ihhhh!« Angeliques schriller Schrei unterbricht mich mitten im Satz. Mit einem Satz hüpft Angelique auf ihren Stuhl. Ihre Knie schlottern. »Ich … ich habe die Monster gefunden. Sie … sie hocken in meiner Schultasche und … und machen sich über meinen Tomaten-Avocado-Gurken-Salat her. Das ist ja … widerlich!«

Geistesgegenwärtig schnappt sich Ernst Angeliques glitzernden Schulrucksack, doch die Tierchen scheinen durch Angeliques Schrei nervös geworden zu sein. Als Ernst in den Rucksack greifen will, entwischen sie ihm und sausen in einem Höllentempo durch den Biosaal.

»Schnapp sie dir, Chloé!«, ruft Ernst.

Ich verliere keine Sekunde. So schnell ich kann, eile ich Katy und Perry hinterher, die im Zickzack durch den Raum sausen. Für ihre kurzen Beinchen haben sie ein ganz schönes Tempo drauf.

»Da! Da!«, ruft Melanie und deutet ins Eck. »Da hockt Katy!«

»Und da Perry«, hilft mir Katja und zeigt in die andere Richtung.

Mist. Ich habe keine Ahnung, welche Bartagame ich mir zuerst schnappen soll. Ich entscheide mich für Katy, doch die schlägt einen Haken, saust in die hintere Ecke der Klasse und beginnt, an der Kante der Kommode nach oben zu klettern, immer weiter, bis ganz nach oben, auf den höchsten Schrank. Perry jagt ihr von der anderen Seite des Raums hinterher.

»Huch! Wusste nicht, dass die so gut klettern können«, staunt Ernst, schnappt sich einen der hinteren Stühle und schiebt ihn mir rasch entgegen. »Hier, Chloé.«

»Danke.« So schnell ich kann, klettere ich auf den Stuhl und versuche, die Tiere mit den Händen zu erreichen. Doch bevor ich Katy zu fassen bekomme, zwängt sie ihren Eidechsenkörper durch das Gitter des Lüftungsschachts, das knapp über der höchsten Stelle des Schranks in die Wand eingelassen ist. Perry folgt ihr auf dem Fuße und wir sehen ihre Schwanzspitzen zwischen dem silbernen Gitter verschwinden. Danach hören wir nur noch ein leises Klopfen entlang der metallenen Lüftungsrohre in der Wand.

»Ach, herrje!«, ruft Frau Franz und fährt sich nervös durchs Haar. »In der Lehrerausbildung bereiten sie einen nie darauf vor, was im Fall von ausgebrochenen Bartagamen zu tun ist.«

»Ich könnte in den Lüftungsschacht klettern«, bietet Ernst an. »Ich kann das. Das hab ich in ganz vielen Filmen gesehen. Wie Tom Cruise in *Mission Impossible.* Wenn ich dann noch meine Videokamera mitnehme und alles filme –«

»Vielen Dank, Ernst, aber das wird nicht nötig sein.« Frau Franz schüttelt den Kopf und knetet dabei aufgeregt ihre Hände. »Bestimmt tauchen die Tiere in einer anderen Klasse wieder auf.«

»Ja«, lacht Paul böse. »Wir müssen bloß den Schreien der Mädchen folgen.«

»Wir könnten den Kammerjäger rufen«, empfiehlt Angelique. »Bestimmt hat der Mittelchen, um die Monster loszuwerden. Er könnte auch den Lüftungsschacht ausräuchern. Als wir neulich Ungeziefer in der Küche hatten, hat der auch nicht lang gefackelt.«

»Was?« Ich glaube, ich höre nicht richtig. Ausräuchern? Ist Angelique jetzt durchgeknallt? Ich werde nicht zulassen, dass man den beiden etwas antut. »Meine Eltern wären … ähm, ich meine natürlich, Paulines Eltern wären stinksauer, wenn jemand den beiden auch nur ein Haar krümmt. Auch wenn sie keine Haare haben, aber ihr wisst schon, was ich meine.«

»Na gut. Holen wir lieber den Hausmeister«, empfiehlt

Frau Franz. Sie läuft aus dem Saal und kommt wenig später mit dem Hausmeister Herrn Semmler zurück, der seinen Werkzeugkoffer mitgebracht hat, um das Gitter zu öffnen und den Lüftungsschacht zu inspizieren. Doch viel mehr bekommen wir leider nicht mit, denn unser Unterricht wird in einen anderen Raum verlegt. Alles, was ich weiß, ist, dass die Bartagamen am Ende der Stunde immer noch nicht gefunden wurden.

»Vielleicht sind die beiden Urzeitmonster ja inzwischen gar nicht mehr in der Schule«, vermutet Ernst, als wir Stunden später nach dem Mittagessen aus der Kantine in Richtung der Bushaltestelle gehen. »Die sind bestimmt längst nach draußen geflüchtet und haben dort Kaninchen gefunden, die sie gehäutet und gefressen haben.«

»Igitt.« Pauline verzieht das Gesicht. »Gut, dass Herr Semmler heute länger Dienst macht. Bis morgen früh hat er Katy und Perry bestimmt gefunden.«

Ich seufze tief und blicke betrübt auf den Gehsteig. Das kann ich wirklich nur hoffen. Schon den ganzen Schultag über habe ich mir Gedanken gemacht, wie ich das meinem Bruder Mika beibringen soll. Er liebt seine Echsen über alles und wird es mir bestimmt nie verzeihen, wenn ich ihm gestehe, dass sie ausgebüxt sind.

Als wir vor der Schule auf den Bus warten und ich darüber nachdenke, welche Strafen mir Mama und Papa aufbrummen werden, kommt plötzlich ein großer, bunter

Bus mit quietschenden Reifen vor uns zum Stehen. Aus dem offenen Fenster dröhnt laute Rockmusik und auf der Seite des Wagens steht in geschwungenen Buchstaben »Schrammstein-Tourbus«.

»Hey, Pauline!«, ruft plötzlich Jacqueline, die bis eben noch gemeinsam mit einigen anderen Mädchen aus unserer Klasse gelangweilt herumgestanden hat. Bestimmt zwanzig Kinder, die auf den Bus warten, mustern nun das Auto, das direkt vor uns parkt. »Sag mal, ist das … ist das etwa dein Vater?«

»Ach du dickes Ei!«, ruft Ernst und greift sich an die Stirn. Dann beugt er sich zu mir und flüstert: »Chloé, den geplanten Rockstar-Auftritt haben wir in der ganzen Aufregung völlig vergessen.«

Da hat Ernst allerdings recht. Vor lauter Bartagamen-Stress habe ich ganz verschwitzt, euch vom zweiten Teil meines Plans zu erzählen: Ernst und ich haben mit seinem Onkel Manfred telefoniert (ihr wisst schon, der Typ, der mit dem Motorrad durch Amerika gefahren ist) und ihm von *Projekt Pauline* erzählt. Und jetzt ratet mal – er hat versprochen, uns zu helfen.

»Wow«, wispere ich und starre wie gebannt auf Onkel Manfreds coolen Tourbus. Eigentlich hatten wir bloß mit ihm ausgemacht, dass er Pauline von der Schule abholen soll. Mit seinen langen schwarzen Haaren, seinem Bart, der Lederjacke und den Bikerstiefeln sieht er nämlich tatsächlich wie ein Rockstar aus. Aber dass Onkel Manfred auch noch ein Rock-'n'-Roll-Mobil inklusive Schrammstein-Schriftzug organisiert hat, übertrifft unsere Erwartungen.

»Wo hat er das coole Gefährt denn her?«, erkundige ich mich im Flüsterton bei Ernst, als sein Onkel betont lässig aus dem Bus aussteigt und auf die Bushaltestelle zuschlendert.

»Keine Ahnung. Vielleicht von einem seiner Kumpels ausgeliehen«, meint Ernst schulterzuckend.

»Pauline, Prinzessin!«, ruft Onkel Manfred jetzt mit tiefer Stimme, während die Rockmusik weiter in ohrenbetäubender Lautstärke aus seinem Auto dröhnt. »Ich bin soeben von meiner Tour aus Tokio zurückgekommen. Ich bin den ganzen Weg von Japan hierhergefahren, nur um dich von der Schule abzuholen.«

»Von Japan?« Pauline starrt Onkel Manfred fasziniert an. Natürlich weiß sie von dem Plan, aber nun scheint ihr unsere Show doch etwas peinlich zu sein. »Aber das geht doch gar nicht. Japan ist doch eine Insel.«

Onkel Manfred überlegt kurz, doch dann lacht er laut. »Für dich mach ich alles möglich, mein größter Fan!« Er hebt Pauline hoch und wirbelt sie herum. Dann setzt er sie wieder ab und sieht sich neugierig um. Angelique, ihre

Clique und einige der Jungs aus unserer Klasse starren Onkel Manfred an wie einen bunten Hund. »Sind das da deine Freunde?«, will er wissen.

»Ja, das sind wir«, erklärt Jacqueline und nickt eifrig. Begeistert strahlt sie Onkel Manfred an. »Und Sie sind Paulines Vater, Herr Schramm?«

»Nicht Herr Schramm.« Onkel Manfred guckt plötzlich so böse, dass man Angst bekommen könnte. »Sondern *der* Schramm. Das ist mein Künstlername.«

»Der Schramm. Pah! Wie uncool!«, lacht Paul und verschränkt die Arme. Paul Berger, der vorhin schon gelästert hat, als die Bartagamen ausgebüxt sind, hält sich übrigens für einen der coolsten Jungs unserer Klasse. Er liebt Hip-Hop, trägt weite T-Shirts und nennt sich selbst P-Man. Später will er mal Rapper werden. »Rockmusik ist so was von gestern! Darauf steht hier niemand mehr.«

»Stimmt«, macht Jonas mit, Pauls bester Freund. Jonas ist viel größer als Paul und sein Gesicht voller dicker Pickel, doch er hält sich selbst für ebenso grandios wie Paul. Außerdem hat er den schlechtesten Notenschnitt der Klasse. »Wer sagt uns denn, dass Sie ein echter Star sind und nicht bloß irgendein schräger Möchtegern-Trottel, der bloß einen alten Bus gemietet hat, um sich mit vierzig noch einmal jung zu fühlen?«

Alles um uns herum schweigt. Selbst Onkel Manfred scheint es für einen Augenblick die Sprache verschlagen zu haben, doch dann lächelt er plötzlich, macht das Autoradio aus, öffnet die Tür seines Busses und holt einen großen schwarzen Verstärker und eine E-Gitarre aus dem Laderaum.

»Darum«, erklärt Onkel Manfred, steckt die Gitarre an die Box und verbindet das Kabel mit dem Strom in seinem Auto. Ein ohrenbetäubendes Quietschen ertönt, doch dann haut Onkel Manfred in die Saiten und beginnt, wie ein Wahnsinniger zu spielen. Dabei wirft er die langen Haare durch die Luft.

»Wusstest du, dass er Gitarre spielen kann?«, wispere ich Ernst zu. Ich komme mir vor wie bei einem Rockkonzert auf offener Straße. Das ist jedenfalls viel mehr, als wir von Onkel Manfred erwartet hätten. Der Kerl scheint der geborene Schauspieler zu sein.

»Nö«, antwortet Ernst und hebt die Schultern. »Er arbeitet als Elektriker.«

»Sie sind ja wirklich ein echter Rockstar!«, ruft Jacqueline begeistert, nachdem Onkel Manfred sein Gitarrensolo zu Ende gespielt hat. Inzwischen haben sich bestimmt fünfzig Menschen um uns herum versammelt, sogar ein paar Lehrer sind dazugekommen. Auch einige Autos haben angehalten und die Fahrer schießen begeistert Fotos von dem vermeintlichen Rockstar.

»Meine Gitarre hat übrigens mal den Rolling Stones gehört. Das war die coolste Band der Welt, damals, als ich jung war.« Onkel Manfred zwinkert Paul und Jonas zu, die ziemlich überrascht aussehen. »Viel cooler als eure Rapper, die ihre Musik am Computer machen.«

Paul und Jonas werden rot und haben zum ersten Mal, seit ich die beiden kenne, keine freche Antwort auf Lager.

»Will hier jemand Autogramme?«, fragt Onkel Manfred jetzt in die Menge.

»Auf jeden Fall«, ruft Jacqueline.

»Ich will eins mit meinem Namen drauf«, bettelt Marie.

»Können wir auch ein Foto mit Ihnen machen?«, ruft sogar Paul, der plötzlich zum Rockmusik-Fan geworden ist.

Wenig später hat sich eine Schlange aus Kindern vor Paulines vermeintlichem Vater gebildet. Onkel Manfred wird von seinen Fans umringt und beginnt, wild Autogramme zu kritzeln. Einige Passanten bleiben stehen, betrachten neugierig den Tourbus und reihen sich in die Autogrammschlange ein.

Etwas später zwängt sich Jacqueline aus der Menschentraube und wedelt mit einer Autogrammkarte vor unserer Nase. »Chloé, Ernst, holt ihr euch gar keine Autogramme?«

Ihr werdet es nicht glauben, aber Onkel Manfred hat sich offensichtlich echte Autogramme drucken lassen. Auf der Karte fletscht er gerade die Zähne und spielt in seiner Lederjacke Gitarre. Darunter steht mit dickem schwarzem Stift: »Für Jacqueline. Der Schramm.«

»Nö. Wir haben schon welche.« Ernst zuckt mit den Schultern, als wäre er sich zu cool für den Hype um Paulines Vater. »Paulines Vater hat uns erst neulich daheim ein Privatkonzert gegeben.«

Onkel Manfred bleibt noch so lange, bis der Schulbus anrollt und alle einsteigen müssen. Jacqueline bittet den Busfahrer sogar zu warten, damit sie noch ein Abschiedsfoto mit dem Schramm machen kann. Als schließlich alle außer Reichweite sind und in den Bus klettern, kommt Onkel Manfred auf Ernst und mich zu.

»Und? Wie war meine Show?«, flüstert er uns zu und grinst. »Ich habe nach eurem Anruf echt lange an meinem Gitarrensolo gearbeitet. Und dann musste ich noch den Bus hier mit ›Schrammstein‹ bekleben und Autogrammkarten drucken lassen.«

»Das war der absolute Hammer«, versichert ihm Ernst. »Und dass alle hier sogar noch Autogramme wollten … unglaublich. Das lief viel besser als geplant.«

Onkel Manfred lacht zufrieden. »Einer der Lehrer hat sich auch eins geholt und mich sogar zu einem Schulfest nächste Woche eingeladen. Ich soll dort auftreten. Ist das nicht der Wahnsinn?«

Während Ernst und Onkel Manfred sprechen, merke ich, dass Angelique als Einzige noch nicht in den Bus eingestiegen ist. Sie steht vor der Tür und funkelt Pauline an, als würde sie ihr am liebsten ins Gesicht springen.

»Keine Ahnung, wie du es angestellt hast, plötzlich so cool zu werden«, raunt Angelique ihr zu, laut genug, dass ich es hören kann. »Ich weiß, dass das alles gar nicht stimmt und dieser Kerl niemals dein echter Vater ist. Also glaub bloß nicht, dass ich dich jetzt auch mag, Pauline. Mit dir bin ich noch längst nicht fertig.«

Nachdem sie uns einen letzten vernichtenden Blick zugeworfen hat, steigt sie ein und der Bus braust davon.

EnzyKLOpädie

Kloweisheit #5:

Habt ihr euch eigentlich
schon mal gefragt, wo sich das
teuerste Klo der Welt befindet?
Nicht auf Erden, sondern im All.
Es ist das stille Örtchen
auf der Weltraumstation ISS.
Für 19 Millionen Dollar
(das sind zirka 14 Millionen Euro)
kaufte die US-Weltraumbehörde NASA
das Klo von Russland.
Dieses spezielle Klo schafft es sogar,
Urin zu Trinkwasser aufzubereiten.
Igitt. Ich glaube, ich will lieber
niemals ins All fliegen …

Mission Mädchenklo

Bestimmt seid ihr neugierig, wie mein Bruder Mika die Sache mit den entlaufenen Bartagamen aufgenommen hat. Wenn ich ehrlich sein soll – fragt lieber nicht. Zuerst hat mich mein Bruder bloß ziemlich belämmert angestarrt und geschwiegen. Und dann, als ich schon dachte, er hätte sich in eine lebende Statue verwandelt, schien es plötzlich so, als würde er jeden Moment vor Verzweiflung losheulen.

»Du hast sie aus meinem Terrarium geklaut? Aber ... aber warum? Wie kann denn jemand nur so etwas tun?«, hat er gejammert, als verstünde er die Welt nicht mehr. Ich habe ihm natürlich zuvor schon lang und breit erklärt, warum ich die Bartagamen aus ihrem Terrarium nehmen musste, aber irgendwie war mir, als hätte mir Mika gar nicht richtig zugehört. Vielleicht stand er aber auch unter Schock.

»Na, für das Biologiereferat, hab ich doch schon gesagt«, habe ich zerknirscht geantwortet und verlegen auf meine Füße gestarrt. »Für Pauline.«

Mika hat mechanisch genickt. »Und jetzt? Wo sind sie jetzt?«

»Immer noch in der Schule. Irgendwo im Lüftungsschacht.«

Dann hat Mika fest geschluckt, ist wortlos aufgestanden und hat sich auf sein Rad geschwungen. Er ist zur Schule geradelt und hat dem Hausmeister den ganzen Nachmittag bei der Suche geholfen.

»Die beiden sind noch am Leben«, hat er mir schließlich gestern beim Abendessen erzählt. »Herr Semmler und ich konnten Katy und Perry im Lüftungsschacht hören. Wir haben es nur nicht geschafft, sie herauszulocken.«

Das waren zumindest gute Nachrichten. Die Tierchen befinden sich also noch in der Schule und laufen durch die Lüftungsschächte. Bestimmt müssen sie erst mal den Schock verdauen, den ihnen Angelique mit ihrem ohrenbetäubenden Mega-Schrei verpasst hat. Verhungern werden Katy und Perry auch nicht, immerhin gibt es in den Schächten bestimmt genug Ungeziefer.

Heute wollen mir Ernst, Katja und Melanie helfen, die Bartagamen aus den Rohren zu locken. Passenderweise gibt es nämlich heute keinen richtigen Unterricht am Notburga-von-Sorgenfrey-Gymnasium, da die ganze Schule

Vorbereitungen für das große Herbstfest trifft, das in wenigen Tagen stattfindet. Das bedeutet, dass wir ohne Lehrer an verschiedenen Aufgaben arbeiten müssen. Ernst, Katja, Melanie und ich sind beispielsweise schon seit acht Uhr früh damit beschäftigt, ein großes Plakat zu bemalen, das über dem Schuleingang aufgehängt werden soll, während Pauline leider im Garten eingeteilt worden ist und Stühle aufstellen muss.

»Fünf Jahre Notburga-von-Sorgenfrey-Gymnasium« sollten wir in großen Buchstaben auf das Transparent schreiben, aber sonderlich weit sind wir noch nicht gekommen. Bis jetzt steht da nämlich nur »Fünf Jahre Not«.

»Hört ihr dieses metallene Klopfen? Ich glaube, das sind die Viecher«, sagt Ernst plötzlich, steht auf und geht zum Lüftungsschacht. »Schnell, Chloé, vielleicht können wir sie ans Gitter locken.«

Sofort lasse ich den Pinsel los und sprinte zu Ernst. »Ich höre gar nichts«, sage ich, mein Ohr ans Gitter gepresst. »Bloß ein Rauschen. Beinahe so wie die Klospülung. Moment mal. Das *ist* die Klospülung.«

»Kein Wunder«, sagt Katja, die auf unser Transparent ein Bild von einer mittelalterlich aussehenden Nonne auf einer Toilettenschüssel malt. »Immerhin liegt dieses Klassenzimmer direkt neben unserer Mädchentoilette. Und der Lüftungsschacht läuft auch dort vorbei.«

»Igitt«, macht Melanie. »Ich will lieber nicht lauschen.

Manche Geräusche auf dem Klo will man gar nicht hören.«

»Moment mal. Das sind keine Klogeräusche. Jetzt höre ich es auch«, unterbreche ich Melanie aufgeregt. Ein leises Klopfen ist zu vernehmen, das Trippeln von Bartagamen-Füßchen. »Die Tiere bewegen sich weiter in Richtung des Mädchenklos. Gibt es am Klo eigentlich auch einen Lüftungsschacht?«

Melanie nickt. »Klar! Das Gitter befindet sich in der Kabine mit den beiden Toilettenschüsseln.«

»Na, dann ab aufs Mädchenklo«, verkündet Ernst und reibt sich freudig die Hände. »Ich krieche in den Schacht und dann schnappen wir uns die Biester.«

»*DU* willst aufs Mädchenklo?«, fragt Katja provokant und starrt Ernst mit großen Augen an.

»Was guckt ihr denn so?« Ernst stemmt die Arme in die Hüften. »Denkt ihr etwa, dass ich noch nie auf dem Mädchenklo war? Außerdem habe ich längst einen Plan. Melanie steht Schmiere, Katja hebt mich hoch bis zum Lüftungsschacht und dann krieche ich hindurch.«

»Und was ist mein Job?«, frage ich.

»Na, du filmst natürlich. Für meinen YouTube-Kanal.«

Ich rolle mit den Augen. Im Tonangeben ist Ernst Weltmeister. Aber mal abgesehen von der dümmlichen Idee, dass ich die Kamera halten soll, ist der Plan gar nicht so übel. In der Kabine des Doppelklos können wir zumindest unbemerkt am Lüftungsgitter herumhantieren, ohne dass Lehrer uns überraschen.

»Alles klar.« Ich öffne leise die Tür zum Flur, spähe aus dem Klassenraum und prüfe, ob die Luft rein ist. Scheinbar sind alle Schüler im Garten und bereiten dort das Fest vor. »Niemand in Sicht. Los, ab aufs Klo.«

»*Mission Mädchenklo!* So werde ich das Video nennen!« Ernst kichert, aktiviert den Videomodus seines Handys und folgt mir leise durch die Klotür. Katja schlüpft hinterher, während sich Melanie am Eingang postiert.

Gerade scheint niemand auf dem Klo zu sein. Bloß Giovanni döst auf dem Plüschsofa in der Lobby. Als er Ernst entdeckt, stößt er ein Fauchen aus.

»Kein Grund, sich aufzuregen, Flohschleuder«, lacht Ernst und sieht zu, wie Giovanni von seinem gemütlichen Sofaplatz auf den Teppich springt und flugs in einer der Kabinen verschwindet. »Heute habe ich keinen Streich in petto. Du kommst noch mal ungeschoren davon. Haha!«

Katja hebt die Augenbrauen. »Sag mal, warst du das etwa, der –«

»Keine Angst, Katja Großmaul«, beruhigt sie Ernst. Katja heißt eigentlich Katja Großmaier, aber weil Katja ziemlich schlagfertig ist, nennt Ernst sie ganz gerne mal so. »Natürlich hab *ich* Giovanni nicht mit Farbe besprüht. Ich hätte ihn nicht einfach so stümperhaft bunt bemalt, sondern pechschwarz. Pechschwarz, mit einem weißen Streifen am Rücken, damit ihn jeder für ein Stinktier hält. Passt doch viel besser, immerhin lebt Giovanni auf dem Klo.«

Katja schnaubt. »Du hast einen Knall, Ernst Fröhlich.«

»Können wir jetzt mal mit unserem Plan beginnen? Wir dürfen keine Zeit verlieren«, erinnere ich die beiden. Noch ist niemand außer uns auf dem Klo, aber das kann sich ganz schnell ändern. Also klettere ich auf den Klodeckel, der näher beim Lüftungsschacht liegt, und stecke ein Salatblatt, das Melanie von ihrem Pausenbrot geklaubt hat, durchs Gitter. »Katy, Perry, kommt her. Ich habe Futter für euch.«

»Lass mich mal.« Ernst drängt mich zur Seite und rüttelt so fest am Gitter, dass es laut scheppert. »Die Schächte sind schmal. Aber ich hatte heute kein Frühstück, ich passe da rein.« Er stöhnt. »Aber ich bräuchte etwas, um das Gitter aufzubrechen. Eine Eisenstange. Oder –«

Gelächter ertönt aus der Lobby, gefolgt von klackernden Absätzen und der Klotür, die ins Schloss fällt. Wie es aussieht, sind wir nicht mehr alleine.

»Schscht, Ernst«, mache ich und halte mir den Zeigefinger vor die Lippen. Die Tür unserer Kabine haben wir vorsorglich verschlossen, aber es wäre trotzdem nicht gut, wenn jemand eine männliche Stimme aus einer der Kabinen des Mädchenklos hören würde. Oder herausfände, dass Ernst drauf und dran ist, in den Lüftungsschacht zu kriechen.

»Wer ist das?«, wispere ich leise.

Katja beugt sich hinunter und späht unter der Kabinentür hindurch. »Ich sehe zwei Paar violette Schuhe mit Blumen drauf, und dann noch ein paar pinkfarbene, glitzernde Absatzschuhe, dazu Strumpfhosen mit Einhörnern.«

»Angelique«, stelle ich fest. Einhörner sind übrigens Angeliques Lieblingstiere.

»Bestimmt drücken sich die vor der Arbeit für das Schulfest«, behauptet Katja. »Wir sollten sie beim Oberhäusl verpetzen.«

»Schscht. Wir machen ja wohl genauso wenig für das Schulfest«, entgegnet Ernst. »Und jetzt sei leise, Katja. Ich bin gerade dabei, stellvertretend für alle Jungs eins der größten Mysterien der Menschheit zu entschlüsseln. Und zwar, was Mädchen auf dem Klo so machen. Es muss doch irgendeinen Grund geben, warum ihr immer in Grüppchen geht und wir Jungs nicht.«

»Die drei schminken sich doch nur und lästern«, entgegnet Katja. »Außerdem seid ihr Jungs doch bloß neidisch, weil ihr auf eure engen und stinkenden Mobilklos nicht in Gruppen gehen könnt.«

»Schscht.« Ich verpasse den beiden einen leichten Stups mit meinen Ellbogen. »Die drei sprechen über Pauline. Hört ihr das denn nicht?«

Endlich sind Katja und Ernst leise und lauschen, während Angelique gerade lauthals über Paulines Kleidungsstil schimpft.

»Wie kann jemand wie Pauline plötzlich so beliebt sein?«, beschwert sie sich. Ihre hohe Stimme hallt von den Wänden. »Sogar die Jungs mögen sie. Dabei trägt sie heute Latzhosen. Latzhosen sind doch total uncool. Die trägt doch bloß Bob der Baumeister.«

»Ihr Vater ist immerhin Rockstar«, erwidert Jacqueline. »Und sie hat Rieseneidechsen als Haustiere.«

»Wie oft denn noch? Das sind nicht ihre Haustiere. Keine Ahnung, woher sie die hat. Vielleicht aus dem Tierheim geliehen.« Angelique stöhnt. »Und jede Wette, dass der Typ gar nicht ihr echter Vater war, sondern ein Schauspieler.«

»Kann schon sein«, erwidert Marie. »Aber Pauline hat auch dafür gesorgt, dass wir alle eine Eins in Mathe bekommen. Ich wäre durchgefallen, wenn sie uns nicht gerettet hätte.«

»Sag mal, auf welcher Seite stehst du eigentlich?« Angeliques Stimme wird immer höher. Falls die Bartagamen vorhin am Gitter waren, haben sie jetzt bestimmt inzwischen Reißaus genommen. »Ich hätte ohnehin eine gute Note bekommen, auch ganz ohne Paulines Hilfe. Oder etwa nicht?«

»Ja, klar«, erwidert Marie treudoof.

»Natürlich«, bekräftigt auch Jacqueline.

»Eine gute Note?«, kichert Ernst. »Ihr minderbemittelter Pudel hat noch mehr Ahnung von quadratischen Gleichungen als Angelique.«

»Ruhe«, raunt Katja.

»Wir müssen ein für alle Mal dafür sorgen, dass Pauline von der Schule fliegt«, meint Angelique gerade. Ihre Stimme ist jetzt nicht mehr quietschend hoch, sondern beinahe Angst einflößend tief. Beinahe so, als hätte sie einen heimtückischen Plan ausgeheckt.

»Und wie willst du das anstellen?« Jacqueline scheint unsicher. »Paulines Noten sind gut. In Biologie hat sie eine Eins bekommen, trotz der ausgebüxten Bartagamen.«

Angelique schüttelt sich. »Erinnere mich bloß nicht an die Biester. Ich hoffe, die sehe ich nie wieder.«

»Stellt euch mal vor, Katy und Perry kriechen genau dann aus dem Luftschacht, wenn Prinzessin Einhorn auf dem Klo darunter gerade ihr Geschäft verrichtet.« Ernst kann sich vor Lachen kaum noch halten.

»Sei doch mal ruhig«, zische ich böse. »Dich nehmen wir ganz sicher nie mehr aufs Mädchenklo mit.«

»Es gibt nur eine Möglichkeit, wie wir Pauline für immer loswerden können«, behauptet Angelique jetzt und es klingt ziemlich dramatisch.

Mit einem Schlag wird Ernst käseweiß. »Sie wollen sie doch nicht –«

»Natürlich nicht. Angelique ist doch keine Psychopathin«, entgegnet Katja. »Du solltest nicht so viele Horrorfilme schauen, Ernst. Dadurch wirst du leicht sonderbar.«

»Wir müssen sie verpetzen«, wispert Angelique schließlich. »Wenn der Direktor erst mal weiß, dass Pauline die Arbeiten für alle in unserer Klasse kopiert hat, wirft er sie ohne Gnade von der Schule. Und dann haben wir unser Problem gelöst.«

»Aber … aber dann müssten wir die Mathearbeit wiederholen«, schluchzt Jacqueline.

»Man muss eben Opfer bringen.« Angelique schnaubt. »Ich bin die Anführerin und ich bestimme.«

»Und wie willst du das anstellen? Du kannst nicht

einfach so in Direktor Oberhäusls Büro spazieren. Dazu brauchst du einen Termin und du weißt doch, wie beschäftigt er immer ist«, gibt Marie zu bedenken.

»Es gibt ja noch das Herbstfest. Dort stecken wir dem Oberhäusl anonym, dass Pauline die Mathearbeit geklaut hat.«

»Aber –«, setzt Marie an. Sie klingt panisch.

»Nichts aber«, verkündet Angelique. »Wir machen das, was ich sage.«

»Das wagt sie nicht«, murmelt Katja erschrocken. »Wenn wir die Mathearbeit wiederholen müssen, sitzen wir aber so richtig in der Sch… äh, Tinte.«

Der heimliche Verehrer

Okay, Leute. Ich wusste ja, dass Angelique nicht alle Tassen im Schrank hat. Aber dass sie wirklich vorhat, Pauline beim Direktor wegen der von Ernst geklauten Mathearbeit zu verpetzen, geht nun wirklich zu weit. Zum Glück sind Ernst, Katja, Melanie und ich uns in dieser Sache einig: Wir müssen das verhindern.

Um jeden Preis.

»Nur, wie wollen wir das anstellen?«, fragt Melanie. Sie hat immer noch ein furchtbar schlechtes Gewissen, weil sie uns nicht vorwarnen konnte, als Angelique und ihre Truppe vorhin plötzlich unser Schulklo gestürmt haben. Aber ich finde, das braucht Melanie gar nicht zu haben, denn sonst hätten wir nie herausgefunden, was Angelique und ihre Cousinen im Schilde führen.

»Es wird schwer, sie daran zu hindern, alles zu petzen, das steht fest. Immerhin können wir sie während des

Herbstfestes nicht die ganze Zeit im Auge behalten«, analysiert Ernst. Nachdem Angelique und ihre Cousinen das Mädchenklo verlassen haben, haben wir gleich hier eine Krisensitzung einberufen. Die Bartagamen-Suchaktion haben wir für eine Weile auf Eis gelegt.

»Weiß jemand, welche Aufgaben Angelique auf dem Fest übernehmen wird?«, frage ich in die Runde. Wie ihr euch vielleicht denken könnt, ist so ein Herbstfest eine ganze Menge Arbeit, sowohl für die Lehrer als auch für die Schüler. Einige der Schüler müssen zum Beispiel die Tombola organisieren, andere schenken Limonade aus, wieder andere schmieren Brötchen.

Übrigens, wollt ihr wissen, welchen Teil ich übernehmen werde? Ich habe mich als Kloführerin eingetragen, und wenn ihr mich fragt, ist das die allerbeste Aufgabe, die man auf dem Herbstfest bekommen kann. Weil unser Klo so besonders ist, hat sich unser Direktor nämlich überlegt, dass für die Gäste stündlich Kloführungen stattfinden sollen. Dabei können die Besucher viel Wissenswertes über unser Schulklo erfahren. Und es liegt ja wohl auf der Hand, dass ich für diesen Job genau die Richtige bin.

»Keine Ahnung.« Katja zuckt mit den Schultern. »Vielleicht hat Angelique sich ja für den Notburga-Contest eingetragen. Der ist doch jedes Jahr total beliebt.«

Ach ja, der Notburga-Contest. Bestimmt fragt ihr euch,

was das ist. Beim Notburga-Contest, dem Highlight jedes Herbstfestes (das sagt zumindest Direktor Oberhäusl), handelt es sich um einen Geschicklichkeitswettbewerb für Schüler unseres Gymnasiums. Wer sich selbst für sportlich, clever und geschickt hält, kann sich freiwillig als Teilnehmer eintragen und muss gemeinsam mit einem zufällig zugewiesenen Partner einen Parcours mit schwierigen (oder manchmal auch ziemlich peinlichen) Aufgaben übernehmen.

Dieses Jahr muss man Eier auf Löffeln balancieren, ein Kreuzworträtsel lösen und möglichst schnell eine ganze Schüssel Salat ohne Hände verputzen. Die Sache mit dem Salat-Wettessen ist übrigens neu. Letztes Jahr gab es ein Hotdog-Wettessen, aber weil sich ein Schüler übergeben musste, wurden die Hotdogs durch etwas Gesünderes ersetzt. Doch das besonders Fiese an den Aufgaben ist, dass man die ganze Zeit über ans Bein seines Teampartners gebunden ist, was die ganze Sache noch mal um einiges schwieriger macht.

»Gut möglich, dass Angelique da mitmacht«, stimmt Melanie zu. »Sie liebt es, im Rampenlicht zu stehen.«

»Mist.« Ich schnaube. »Das macht es schwierig, sie zu überwachen. Wenn sie so wie ich Kloführungen veranstalten würde, könnte ich die ganze Zeit über ein Auge auf sie haben.«

»Moment mal«, überlegt Katja. »Wenn Angelique wieder beim Notburga-Contest dabei ist, braucht sie eine Partnerin, nicht wahr?«

Ich nicke. »Aber die wird doch per Losverfahren gewählt. Das könnte irgendjemand sein.«

»Es sollte jemand von uns sein.« Melanie seufzt. »Dann könnte sie unmöglich unbemerkt zu Direktor Oberhäusl gehen.«

»Dann müssen wir das Losverfahren manipulieren«, beschließt Ernst. »Und dafür sorgen, dass einer von uns Angelique als Partnerin bekommt. Wer auch immer das ist, der tut mir jetzt schon leid. Einen ganzen Nachmittag lang an Angelique gefesselt sein … So ähnlich stelle ich mir die Hölle vor.«

»Es werden doch bloß die Beine aneinandergebunden«, beruhigt Melanie. »Also ich würde mich dafür opfern. Ich bin gerne Angeliques Teampartnerin, wenn ich Mathe nicht wiederholen muss.«

»Ich auch. Ich würde alles tun, um zu verhindern, dass Angelique petzt«, stimmt Katja zu. »Wie sieht es mit dir aus, Chloé?«

Würg. Um ehrlich zu sein, habe ich überhaupt keine Lust, am diesjährigen Notburga-Contest teilzunehmen. Eier auf Löffeln balancieren? Ein peinliches Wettessen ohne Hände und Besteck? Um dabei auch noch von einer Horde Eltern und Lehrer ausgelacht zu werden? Wenn ihr mich fragt, klingt das noch viel schlimmer als eine zusätzliche Mathearbeit. Und zu allem Übel bin ich normalerweise auch richtig tollpatschig, besonders dann, wenn mir andere Menschen zusehen. Ich bewundere meinen Bruder Mika, dass er es schafft, die Nerven zu bewahren, wenn er auf der Bühne steht. Eine talentierte Schauspielerin wird aus mir ganz bestimmt nie. Und falls ich mich tatsächlich dafür opfern müsste, Angeliques Teampartnerin zu werden, könnte ich außerdem keine Kloführungen mehr veranstalten.

Aber manchmal muss man eben Opfer bringen, um den Bösewicht zu stoppen. Einer für alle, alle für einen. Wie bei den Musketieren.

»Ich bin dabei«, erkläre ich also heldenhaft.

»Gut.« Ernst nickt. »Ich auch. Wenige Minuten bevor der Notburga-Contest losgeht, werden alle Teilnehmernamen auf kleine weiße Zettel geschrieben. Dann zieht Oberhäusl die Zweierteams aus einem großen Blecheimer vor allen Eltern und Lehrern. Ich muss die Ziehung bloß manipulieren, sodass Angelique in jedem Fall einen von uns als Partner zugewiesen bekommt.«

Der Plan klingt so weit ganz gut. Zumindest in der Theorie. Ich weiß zwar, dass Ernst ziemlich clever ist und auch nicht davor zurückschreckt, Mathearbeiten vom Tisch der Lehrer zu klauen, aber ich kann mir beim besten Willen nicht vorstellen, wie er es schaffen könnte, die Ziehung der Partner zu manipulieren.

»Und?«, frage ich neugierig. »Hat der großartige Ernst Fröhlich schon einen Plan?«

»Ehrlich gesagt nicht.« Ernst wird ein wenig rot, vielleicht weil ich ihn großartig genannt habe, oder vielleicht aber auch aus Scham, weil er noch keine Strategie ausgeklügelt hat. »Aber wer mich kennt, der weiß, dass ich ernsthaft daran arbeiten werde.«

Dann zieht er die Tür auf und macht selbstbewusst einige Schritte über die Türschwelle bis in den Flur. Dabei knallt er direkt in Frau Kümmels Seite, die gerade vor der Klotür vorbeigeht.

»Huch. Entschuldigung, Frau Kümmel«, stammelt er verlegen. »Ich hab Sie nicht gesehen.«

»Ernst.« Frau Kümmel wackelt ein paar Meter zur Seite und starrt auf das goldene Mädchen-Symbol, das an der Klotür befestigt ist. Sie stemmt die Hände in die Hüften. »Ernst Fröhlich! Was um alles in der Welt hast du auf dem Mädchenklo zu suchen?«

»Ich … ähm …« Hilflos dreht Ernst sich zu uns um, doch Katja und Melanie zucken nur mit den Schultern. Ach herrje, armer Ernst. Wie kommt man denn aus so einer Sache wieder raus? Vielleicht mit einer guten Lüge? Würde Frau Kümmel es ihm abkaufen, wenn er behauptet, er hätte sich verlaufen? Dass er statt in seiner Klasse unabsichtlich auf dem Mädchenklo gelandet sei?

»Ja?« Frau Kümmel macht ein Gesicht, als hätte sie Ernst

beim Schummeln erwischt. »Bist du dir etwa zu gut für den Weg nach draußen auf die Jungstoiletten?«

»Das ist eine berechtigte Frage, Frau Kümmel.« Ernst räuspert sich. »Und ich kann Ihnen alles erklären.«

»Da bin ich aber gespannt.« Frau Kümmel richtet sich ihre Brille und sieht ihn aufmerksam an.

»Also, es gab ja in der Kantine gestern diesen Bohneneintopf, haben Sie den zufällig auch probiert?«, fragt Ernst. »Sie wissen schon, dieses klebrige Zeug, das ausgesehen hat wie schon mal gegessen und wieder ausgekotzt?«

Frau Kümmel schluckt. »Nein«, antwortet sie pikiert. »Ich hatte bloß Suppe.«

»Da hatten Sie aber Glück. Ich hatte gestern schon den ganzen Abend so ein Völlegefühl und heute Morgen konn-

te ich nichts frühstücken. Vorhin wurde mir dann plötzlich schrecklich übel, also musste ich mich übergeben und hab es nur noch bis zum Mädchenklo geschafft.« Ernst setzt einen leidenden Blick auf und reibt sich den Bauch. »Es war kein schöner Anblick. Alle Bohnen kamen wieder raus, beinahe unverdaut. Sie sollten wirklich mal das Gesundheitsamt –«

»Es reicht, Ernst Fröhlich!« Frau Kümmel unterdrückt ein Würgen. Doch anstatt Ernst eine Strafe wegen des unerlaubten Mädchenklobesuchs aufzubrummen, macht sie auf dem Absatz kehrt und marschiert davon. Dabei hören wir etwas, das klingt sehr nach »widerlich« und »ekelerregend«.

»Na, was sagt ihr?«, fragt Ernst und verschränkt zufrieden die Arme. »Oscarreife Leistung oder? Ich wette, den Bohneneintopf lässt die Alte das nächste Mal auch wieder aus.«

Pauline ist beinahe ausgeflippt, als wir ihr von Angeliques heimtückischem Plan erzählt haben. Um ein Haar hätte sie geheult, aus lauter Angst, von der Schule zu fliegen. Aber ich habe ihr versichert, dass sie keine Angst zu haben braucht, denn Ernst hätte alles unter Kontrolle und würde verhindern, dass Angelique auch nur ein Sterbenswörtchen verrät. Merkwürdigerweise hat Pauline das tatsächlich beruhigt.

»Ich finde, wir sollten stattdessen weiter an deiner Beliebtheit arbeiten, Pauline. Und dafür sorgen, dass tagtäglich neue News über dich auf der Klowand zu lesen sind«, beschließe ich, während wir in der Frühstückspause den Schulflur entlangspazieren und frische Muffins aus der Schulkantine essen.

Nachdem wir gestern Angelique auf dem Klo belauscht haben, habe ich natürlich nicht vor, mich einschüchtern zu lassen oder *Projekt Pauline* aufzugeben. Wir sind auf einem guten Weg, Pauline zum tollsten Mädchen der Schule zu machen, Angelique hin oder her. Deshalb habe ich mir gestern den ganzen Abend lang ordentlich Gedanken gemacht, was als Nächstes zu tun ist. Und ich bin zu einem Ergebnis gekommen.

Pauline braucht einen Freund.

Ich weiß, ich weiß! So ein echter Freund lässt sich viel schwerer erfinden als ein Rockstar-Vater, Haustiere oder ein cooles Hobby. Aber ein Freund kann tatsächlich helfen, über Nacht superbeliebt zu werden.

Dazu muss man sich nur mal Katja ansehen. Katja ist hübsch und schlagfertig, doch sie hat nicht besonders viele Freundinnen, weil sie manchmal eine ziemliche Zicke sein kann. Doch als sie plötzlich mit Horst auf einer Party aufgetaucht ist, wollten alle mit ihr befreundet sein. Alle wollten erfahren, wie es so ist, einen Freund zu haben. Wie das ist mit dem Knutschen. Ob es eklig ist. Ob man mit den Nasen aneinanderstößt. Und ob man öfter krank wird, weil beim Küssen Bakterien übertragen werden.

Stellt euch nur mal vor, wie interessant Pauline mit einem Freund plötzlich werden würde. Sie müsste garantiert keinen Gedanken mehr an Tabletts verschwenden, die in ihrem Gesicht landen könnten.

»Weiter an meiner Beliebtheit arbeiten?«, murmelt Pauline jetzt und sieht mich unsicher an. Während wir den Flur in Richtung des Klos entlanglaufen, bleiben immer wieder Jungs und Mädchen stehen und grüßen Pauline freundlich. Sie bekommt sogar ein Kompliment für ihre selbst bemalten Turnschuhe. »Aber ich bin doch schon viel beliebter als früher, merkst du das nicht? Ich glaube, mir reichen die Lügenmärchen, Chloé. Vielen Dank, aber nein.«

Huch. Vor Schreck bleibt mir beinahe ein Stück Muffin im Hals stecken. Was ist denn plötzlich mit Pauline los, frage ich mich, als ich die Klotür langsam aufziehe. Hat sie doch noch Bammel, dass sie von der Schule fliegen könnte? Oder wird ihr die ganze Aufmerksamkeit etwa langsam zu viel? Wenn ich das gewusst hätte, hätte ich natürlich nicht –

»Ach du liebe Güte.« Pauline stößt einen Schreckensschrei aus und starrt mit großen Augen auf die Klowand direkt vor uns. »Wer um alles in der Welt hat denn das geschrieben?«

Auf der Klowand prangt wieder eine Botschaft. Groß und unübersehbar steht da geschrieben: »Pauline. Meine Traumfrau, tollstes Mädchen der Schule. Deine Haut ist so blass wie Schnee und deine Lippen so rot wie Blut. Begleite mich aufs Herbstfest. Dein heimlicher Verehrer.«

»Ähm. Das war ich«, gebe ich zu und werde rot. »Ich dachte, es schadet nicht, wenn die anderen denken, du hättest einen heimlichen Verehrer. Tut mir leid, ich wusste ja nicht, dass du unseren Plan plötzlich doof findest.«

»Einen heimlichen Verehrer? Du dichtest mir einen heimlichen Verehrer an?« Pauline starrt erst mich an, dann wandert ihr Blick zurück auf die krakelige Schrift auf der Wand. Ich wollte die Schrift eines Jungen imitieren, und ich finde, es ist mir ziemlich gut gelungen. »Haut so blass wie Schnee und Lippen so rot wie Blut? Das klingt irgendwie total gruselig. Auf so einen Verehrer kann ich verzichten.«

»Das sollte romantisch klingen.« Ich seufze. »Das ist aus *Schneewittchen*.«

»Und wer soll das überhaupt glauben?« Jetzt wird Pauline wütend. »Wie kann ein Junge denn eine Botschaft auf dem Mädchenklo hinterlassen?«

»Die Jungs schleichen sich doch andauernd hier rein.« Ich packe Pauline an den Schultern und sehe sie fest an.

»Stell dir doch nur mal die Blicke der anderen vor, wenn du plötzlich mit einem Jungen auf dem Herbstfest auftauchst. Du musst mir vertrauen.«

Pauline blickt verlegen zu Boden, und ganz plötzlich kommt mir der Gedanke, dass ich damit womöglich einen wunden Punkt erwischt habe. Wünscht sich Pauline tatsächlich einen Freund? Ihr wisst ja, ich finde, dass verliebt sein ziemlich blöd ist, weil man davon schusselig wird und die Gehirnzellen schrumpfen, aber könnte ja sein, dass Pauline anders darüber denkt.

»Und wer? Wer soll mich aufs Herbstfest begleiten?« Ihr Blick ist plötzlich traurig. »Findest du für diese Sache etwa auch einen Schauspieler, genau wie für meinen Vater?«

»Lass das meine Sorge sein«, versichere ich ihr. Bestimmt wird es kein Problem sein, für Pauline eine Verabredung zu finden. »Und es wird auch kein Schauspieler sein, sondern ein echter Junge. Aus unserer Schule. Also, bist du dabei?«

»Okay. Aber bitte nicht Gustav aus der Siebten. Der stinkt furchtbar nach Fisch, weil seine Eltern diesen Laden besitzen. Oder diesen komischen Typen aus der Achten, der immer Schwarz trägt und in der Pause Blut trinkt.«

»Du meinst Balthasar? Der ist doch nett. Und er trinkt bloß Himbeersaft. Glaube ich.«

»Chloé –«

»Keine Sorge, Pauline«, beruhige ich sie, bevor sie es

sich anders überlegt. »Ich finde dir schon einen netten Jungen. Du kannst dich auf mich verlassen.«

»Fein.« Pauline hebt die Schultern. »Aber ich werde ihn auf keinen Fall küssen.

»Okay. Abgemacht.«

EnzyKLOpädie

Kloweisheit #6:

So gerne ich Toiletten mag,
aber manchmal können sie
auch echt widerlich sein.
Hättet ihr gewusst, dass sich
jeder Dritte davor ekelt, sich auf
eine öffentliche Toilette zu setzen?
Bei Frauen sind es sogar noch viel
mehr! Die Angst vor öffentlichen
Toiletten hat sogar einen eigenen Namen:
Paruresis. Außerdem wäscht sich
bloß jeder Zweite nach dem Klogang
die Hände. Oh Mann, manche Dinge
muss man nicht unbedingt
wissen, oder?

Die ganze Wahrheit

Eins solltet ihr über mich wissen: Ich gebe ungern zu, dass ich einen Fehler gemacht habe. Ich meine, wer tut das schon gerne? Aber diesmal, so fürchte ich, muss ich es einfach gestehen: Ich habe einen Fehler gemacht und diesmal wirklich nicht nachgedacht.

Wenn ich nur ein wenig genauer überlegt hätte, wäre mir aufgefallen, dass es beinahe unmöglich ist, Pauline jetzt noch eine Verabredung für das Herbstfest zu verschaffen. Das liegt einerseits daran, dass viele Jungs aus unserer Jahrgangsstufe entweder keine Lust haben, ein Mädchen aufs Fest zu begleiten, oder bereits mit einem anderen Mädchen verabredet sind. Und der Rest, also die, die übrig bleiben, haben Pickel ohne Ende wie Jonas, halten sich für supercoole Rapper wie Paul oder riechen merkwürdig, wie Gustav mit dem Fischladen. Das wird sich wirklich kein Mädchen antun.

»Mein ganzer Plan ist eine einzige Katastrophe«, murmele ich, während ich mit einem feuchten Tuch alle Botschaften der letzten Tage von unserer Klowand abwische. Heute ist der große Tag, und damit das Mädchenklo für das Fest in vollem Glanz erstrahlt, muss ich als Kloführerin dafür sorgen, dass keine Kritzeleien hier mehr zu sehen sind. »Die Bartagamen sind immer noch nicht gefunden, Pauline hat keinen Freund, der sie aufs Fest begleiten könnte, und außerdem bezweifle ich, dass Ernst es schafft, Angelique am Petzen zu hindern.« Traurig lasse ich den Kopf hängen. »Irgendwie habe ich das Gefühl, heute wird alles schiefgehen.«

Nein, ich übertreibe nicht. Ich habe wirklich ein ganz schlechtes Gefühl, was den heutigen Tag betrifft. Dabei ist heute ein wundervoller Tag. Es ist der letzte Freitag im Oktober und draußen haben wir wunderbar warmes Herbstwetter. Die Sonne scheint durch die goldenen Blätter der Bäume, das Schulgebäude erstrahlt in vollem Glanz und es duftet nach frisch aufgebackenen Brötchen. Außerdem ist der gesamte Hof der Schule mit leuchtenden Blättergirlanden und geschnitzten Kürbissen dekoriert. In weniger als einer halben Stunde erwarten wir schon die ersten Gäste.

»Keine Sorge, Chloé. Die Bartagamen tauchen bestimmt wieder auf«, meint Melanie. »Und was Pauline betrifft – die braucht doch gar keinen Freund. Wer weiß, womöglich hat das heimliche Liebesgeständnis gar niemand gelesen.« Sie deutet auf die sauber polierte Klowand. »Jetzt ist es ja sowieso weg.«

»Vermutlich hast du recht.«

»Na also. Und jetzt los. Wir müssen unser Plakat aufhängen.« Melanie spaziert aus dem Schulklo, nimmt das Transparent und geht schnurstracks zum Eingang der Schule. »Sollen wir es direkt über der Tür aufhängen?«

»Klar.« Ich helfe ihr, es auszurollen. Doch als ich es mir genauer ansehe, fällt mir auf, dass wir unser Plakat immer noch nicht fertig gemalt haben. In bunten Buchstaben steht darauf immer noch »Fünf Jahre Not«.

»Oh, Mist. Hat Katja nicht versprochen, sie würde es zu Hause zu Ende malen?« Ich sehe mir das unfertige Werk an. Fünf Jahre Notburga-von-Sorgenfrey-Gymasium soll es natürlich heißen, aber eigentlich ist »Fünf Jahre Not« auch ziemlich witzig.

Melanie kichert. »Katja hat das gestern wohl vergessen, denn Horst und sie waren im Kino verabredet.«

Ich seufze. »Wie ich immer sage: Verliebt sein lässt die Gehirnzellen schrumpfen. Am besten übergießt du meinen Kopf mit eiskaltem Wasser, wenn ich mich jemals verlieben sollte. Damit ich wieder klar denken kann.«

»Abgemacht.« Melanie lacht. »Und jetzt lass uns dieses Plakat hier aufhängen.«

Mithilfe von zwei Stühlen versuchen Melanie und ich,

das Plakat mit dicken Klebestreifen über der schweren Eingangstür zu befestigen.

»Fünf Jahre Not?«, ertönt eine tiefe Stimme direkt hinter meinem Rücken. »Ihr seid ja vielleicht Scherzkekse. Soll ich euch damit helfen?«

Vor Schreck lasse ich das Klebeband fallen. Vor mir steht ein großer Mann, braun gebrannt, in weißem Hemd und schwarzer Hose. Er hat blondes Haar, das an den Schläfen silbern schimmert.

Ich habe plötzlich ein Déjà-vu. Déjà-vu ist übrigens französisch und bedeutet: schon gesehen. Ihr wisst schon, dieses komische Gefühl, wenn man glaubt, dieselbe Situation schon mal erlebt oder vielleicht auch geträumt zu haben. Doch diesmal brauche ich nur eine kurze Sekunde, um mich daran zu erinnern. Ich habe mich schon mal gefragt, um wen es sich bei diesem Mann handelt. Und zwar, als genau dieser Typ Pauline vor unserem Haus abgesetzt hat.

»Sie … Sie sind doch Paulines Stiefvater, oder?«, stoße ich überrascht hervor. »Der mit dem roten Sportwagen.«

Der Mann grinst und zeigt eine Reihe schneeweißer Zähne. »Es ist ein Bugatti, um genau zu sein. Pauline ist die Tochter meiner neuen Freundin. Und du musst Chloé sein, nicht wahr?«

Ich nicke. »Genau. Und das hier ist Melanie. Wir sind Freunde von Pauline.«

»Wie schön.« Mit wenigen Handgriffen befestigt Paulines Stiefvater das Plakat am Eingang. »Jetzt, wo euer Plakat hängt, könntet ihr mir vielleicht verraten, wo Angelique steckt? Ich müsste ihr nämlich –«

»Papá!«, ruft Angelique, die plötzlich aus der Aula gelaufen kommt, und stürmt nach draußen. Dabei betont sie die zweite Silbe von »Papá«, so wie Französinnen das tun. »Der Notburga-Contest fängt in wenigen Minuten an, und ich bin schon so gespannt, wer meine Partnerin sein wird …« Als Angelique mich entdeckt, verschwindet ihr Lächeln und ihre Augen verengen sich zu schmalen Schlitzen. »Hallo, Chloé.«

Moment mal!

Papá?

Leute, ich spreche kein Französisch, das wisst ihr ja bereits. Aber Papá hört sich fast genauso an wie, na ja, Papa. Natürlich wäre es möglich, dass Papá französisch ist für irgendetwas anderes, aber die Art, wie Angelique den Mann anstrahlt, lässt mich vermuten, dass sie sich kennen.

Dass dieser Mann ihr Vater ist.

»Das … das ist Angeliques Vater«, zischt Melanie. »Jetzt weiß ich's wieder! Den haben wir doch schon öfter beim

Elternsprechtag gesehen. Weißt du noch? Dieser Zahnarzt, der immer alle Lehrer überreden wollte, ihre Zähne reparieren zu lassen. Der, der sich selbst Monsieur nennt.«

Wie vom Donner gerührt betrachte ich Angelique, die sich in die Arme des braun gebrannten Sportwagenfahrers wirft. Wenn der Mann Angeliques Vater und gleichzeitig der neue Freund von Paulines Mutter ist, müsste das doch bedeuten, dass die beiden Geschwister sind. Oder Halbgeschwister? Stiefgeschwister? Ich glaube, ich bekomme Kopfweh.

»Reserviere mir am besten schon mal einen Platz ganz vorne, damit ich dir beim Notburga-Contest zusehen kann«, sagt Angeliques Vater jetzt und winkt Melanie und mir zum Abschied. »Auf Wiedersehen, Chloé. Und wenn du mal Probleme mit den Zähnen hast, einfach anrufen.«

»Mach ich«, antworte ich wie versteinert, während sich nur ein einziger Gedanke in meinem Kopf auftut, breit und unübersehbar, genau wie das Transparent über unseren Köpfen. Angelique und Pauline sind Schwestern.

Und ich hatte nicht die geringste Ahnung.

Ich muss Pauline finden. Ich möchte unbedingt wissen, warum sie mir nichts von ihrer neuen Stiefschwester erzählt hat. Jetzt wird mir auch klar, warum Angelique wusste, dass die Bartagamen nie und nimmer Paulines echte Haustiere sein konnten.

Im Schulhof tummeln sich bereits die Gäste. Hunderte Eltern, Lehrer und Schüler bedienen sich am Büfett und trinken Fruchtbowle. Es gibt sogar einen Stand mit der Aufschrift »Freiwillige Spenden für die Fertigstellung des Jungsklos«. Hinter einem anderen Stand entdecke ich Direktor Oberhäusl, der eine Menge Tees, Kräutersalze und Gewürze, alle mit der Aufschrift »Notburga von Sorgenfrey«, verkauft.

»Beruhigende Teekräuter, darmreinigendes Kräutersalz. Das klingt äußerst mysteriös, findest du nicht, Chloé? Und es riecht so ähnlich wie in dem schrägen Naturkostladen, in dem meine Mutter immer einkauft.« Ernst ist hinter mir aufgetaucht und legt den Arm um mich. Zur Feier des Tages hat er ein neues T-Shirt mit der Aufschrift »Schule gefährdet die Gesundheit« angezogen. »Übrigens, du kannst mir danken. Der grandiose Ernst des Lebens hat es nämlich geschafft, dass Angelique eine Partnerin zugewiesen bekommt, die sie garantiert am Petzen hindern wird.« Er deutet nach links zum Brunnen, der sich in der Mitte des Schulhofs befindet. »Sieh nur.«

Ich folge seinem Blick. Neben dem Brunnen, dort wo die Fruchtbowle ausgeschenkt wird, entdecke ich Pauline und Angelique, deren Beine gerade von einem der älteren Schüler mit einem weißen Seil aneinandergebunden werden. Daneben schießen Angeliques Vater und Paulines Mutter Fotos, während Angelique ein Gesicht zieht, als wäre sie am liebsten ganz weit weg.

Pauline und Angelique sind in einem Team? »Aber wie hast du das geschafft?«

Ernst schüttelt den Kopf. »Ein Zauberer verrät niemals seine Geheimnisse.«

»Ernst, du wirst es nicht glauben, aber Pauline und Angelique sind Schwestern!«, berichte ich. »Vorhin, als Melanie und ich das Plakat aufhängen wollten, ist ein Mann auftgetaucht –«

»Schwestern?« Ernst sieht mich mitleidig an. »Pauline und Angelique? Halluzinierst du? Bist du krank? Die zwei haben in etwa so viel gemeinsam wie … Bartagamen und Einhörner.«

»Na ja, nicht wirklich. Sie sind nur Stiefgeschwister, also nicht blutsverwandt«, erkläre ich ihm aufgeregt. »Der Typ da mit dem weißen Hemd ist Paulines Stiefvater und gleichzeitig Angeliques echter Vater.«

Ernst runzelt die Stirn. »Stimmt. Der Typ ist Angeliques Vater. Dieser komische Zahnarzt, der meinte, ich brauche unbedingt eine Zahnspange.« Ernst bleckt die Zähne. »Dabei habe ich doch ein Filmstar-Lächeln. Das schreiben zumindest die Leute in meinen YouTube-Kommentaren.«

»Könnte das erklären, warum Angelique Pauline so sehr hasst?«, führe ich meinen Gedanken weiter. »Vielleicht liegt es gar nicht an Paulines schrägen Klamotten und ihrer etwas kratzbürstigen Art. Vielleicht hat Angelique einfach keinen Bock auf eine neue Schwester.«

Ernst scheint einen Moment lang darüber nachzudenken, als hinter uns ein lautes Pfeifen ertönt, gefolgt von Gitarrenklängen. Einige Mädchen beginnen, begeistert zu kreischen und in die Hände zu klatschen.

»Hey, das … das ist ja Onkel Manfred … mit seinem Tourbus!« Tatsächlich steigt Ernsts Onkel gerade aus seinem Bus, gefolgt von ein paar anderen Männern. Ernst fährt herum. »Oh, Mist. Der wollte ja hier auftreten. Wir haben ganz vergessen, ihm das auszureden.«

»Hey, Chloé! Hi, Ernst!«, lacht Onkel Manfred und winkt uns zu. »Ich habe für den heutigen Gig kurzerhand eine richtige Band gegründet. Das sind meine Pokerkumpels Herbert, Fritz und Walter.« Er kommt näher und flüstert uns ins Ohr: »Und jetzt ratet mal – wir wollen uns in Zukunft tatsächlich Schrammstein nennen. Nicht nur für das kleine Schauspiel heute, sondern in Wirklichkeit. Der Name ist einfach genial.«

»Das ist ja … klasse«, murmele ich. Mist. Jetzt ist es wohl zu spät, Onkel Manfred die Aktion wieder auszureden, außerdem ist Manfred offiziell vom Direktor eingeladen worden. Bleibt nur zu hoffen, dass niemand hier Paulines Mutter erzählt, für wen er sich ausgibt.

»Hey, wie cool. Paulines Vater!«, ruft jetzt ein Junge neben mir. Offensichtlich hat der Rockstar-Vater in der Schule die Runde gemacht. »Das ist doch der Schramm, der Sänger der Band Schrammstein. Er ist wirklich gekommen und spielt heute hier.«

»Moment mal. Paulines Vater?« Die Stimme des braun gebrannten Zahnarztes ist plötzlich so laut, dass Ernst und ich ihn bis hierher hören können. Wütend funkelt er Paulines Mutter an. »Hattest du nicht gesagt, dass Paulines Vater in Thailand lebt, Schatz? Was zum Geier tut er hier?«

Paulines Mutter wirkt plötzlich nervös, während der Schramm zum ersten Lied ansetzt. Einige Eltern halten sich die Ohren zu. »Ich schwöre, ich habe diesen Mann noch nie in meinem Leben gesehen.«

Pauline, die an Angelique gefesselt auf dem Brunnenrand sitzt, guckt mich erschrocken an. Ich kann nicht verstehen, was sie sagt, aber ihre Lippen formen plötzlich so etwas wie »Scheiße«.

»Scheiße«, sagt jetzt auch Ernst, nur laut.

»Oje«, stimme ich ihm zu. Mehr fällt mir im Moment nicht dazu ein.

»Chloé, wir müssen dafür sorgen, dass Onkel Manfred und seine wilden Kumpels schnellstens von hier verduften. Sonst fliegt die Lüge auf und Paulines Mutter erzählt, dass das gar nicht Paulines echter Vater ist.«

»Dann los«, erkläre ich, doch da spüre ich eine Hand auf meiner Schulter, die mich bremst. Hinter mir steht

Direktor Oberhäusl. Heute sieht er noch schräger aus als sonst, denn er trägt ein weißes T-Shirt, auf dem »Notburga von Sorgenfrey« steht. »Chloé, du bist immer noch hier?«, fragt er mich. »Ist das dein Ernst?«

»Vielleicht nicht *Chloés* Ernst, Direktor Oberhauser, aber ja, Ernst ist mein Name«, erklärt Ernst neben mir.

Direktor Oberhäusl wirkt für einen Moment verwirrt. »Ähm, was ich sagen will, ist, dass du schleunigst mit den Kloführungen beginnen musst.« Er klingt vorwurfsvoll. »Dein Publikum wartet bereits.«

»Herr Direktor, geht das nicht ein wenig später?«, bettle ich. Verzweifelt suche ich nach einer passenden Ausrede und schnappe mir kurzerhand eins der Kräutersalze, die der Direktor an seinem Stand verkauft. »Ernst und ich wollten gerade diese tolle Notburga-Kräutermischung probieren. Wir wollen uns nämlich gesund ernähren. Keine Pizza und Burger mehr. Stimmt's, Ernst?«

Ernst brummt wenig überzeugend.

»Diese Mischung hier? Die würde ich euch nicht empfehlen.« Direktor Oberhäusl nimmt mir die Kräuter aus der Hand. »Die Kräutermischung hat eine ziemlich starke Wirkung zur … na ja … zur Darmreinigung.«

»Darmreinigung?« Jetzt scheint Ernst doch neugierig geworden zu sein. »Meinen Sie etwa, dass man dann –«

»Vergesst jetzt die Kräuter.« Direktor Oberhäusl stellt die Notburga-Kräutermischung zurück auf den Präsentationstisch. »Kümmert euch lieber um eure Aufgaben. Chloé, du hast mich doch erst von der Wichtigkeit von Kloführungen überzeugt. Also los jetzt. Walte deines Amtes!«

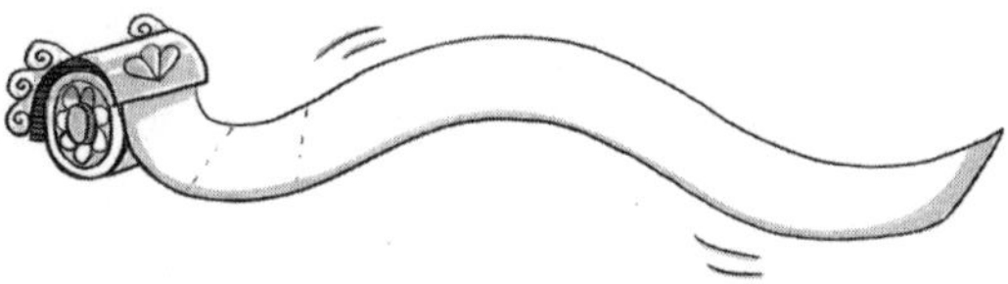

Ein dringendes Bedürfnis

Toiletten gibt es schon sehr, sehr lange. Bereits in den antiken Städten der Griechen und Römer gab es öffentliche Klos und ihre Benutzung war eine gesellige Angelegenheit. Oft saßen bis zu achtzig Leute zusammen auf dem stillen Örtchen und unterhielten sich übers Geschäft. Daher kommt auch die Redewendung ›ein Geschäft verrichten‹. Und wussten Sie zum Beispiel, dass es erst seit weniger als hundert Jahren Klopapier gibt? Früher benutzte man Zeitungspapier. Und noch früher Schwämme.«

»Igitt«, sagt ein kleiner Junge und verzieht das Gesicht.

»Doch hier auf dem Notburga-von-Sorgenfrey-Gymnasium wurde an Luxus nicht gespart. Es gibt achtlagiges Klopapier, davon ist immer genügend da, außerdem duftende Seifen und sogar ein Radio, das man in den Klokabinen hören kann«, erkläre ich, während ich die Gäste durch unser Schulklo führe. Die Besucher stellen die lustigsten Fragen, zum Beispiel, warum es bei uns auf dem Klo ein Aquarium und ein Plüschsofa gibt und wieso an der Decke ein Kronleuchter hängt. Meistens gebe ich die gleiche Antwort: Es ist nicht unbedingt notwendig. Aber es ist einfach klasse.

Was draußen auf dem Schulhof passiert, bekomme ich allerdings leider kaum mit. Durchs offene Klofenster höre ich, dass Onkel Manfred und seine Kumpels einen ohrenbetäubend lauten Rocksong nach dem anderen ins Mikro trällern.

Und was ist eigentlich mit Pauline und Angelique? Die Hälfte der Spiele des Notburga-Contests müsste inzwischen schon längst vorbei sein. Hat Angelique einen Weg gefunden, Direktor Oberhäusl die Sache mit den Mathearbeiten zu petzen? Ich brenne darauf, die anderen auszufragen. Doch es dauert noch drei ganze Führungen, bis hier auf dem Mädchenklo endlich so wenig los ist, dass ich zurück zu Ernst nach draußen schleichen kann.

Auf dem Schulhof herrscht ausgelassene Stimmung. Ich kann es kaum glauben, aber Schrammstein hat bereits eine riesige Meute Fans um sich geschart. Alle Lehrer des Gymnasiums und einige Eltern haben einen Kreis um die Band gebildet, tanzen und prosten sich ausgelassen mit Getränken zu. Sogar Paulines Stiefvater und Direktor Oberhäusl feiern mit.

»Onkel Manfred ist der absolute Star, Chloé!« Ernst ist

hinter mir aufgetaucht und nippt zufrieden an einem Glas Fruchtbowle. »Alle Lehrer fahren total auf ihn ab. Besonders die Lehrerinnen. Ich hab es nicht übers Herz gebracht, ihn zu vertreiben. Übrigens, wusstest du, dass Freds Vater Musikagent ist? Er hat Manfred und seinen Kumpels einen Plattenvertrag angeboten.«

»Wow!« Ich bin ehrlich beeindruckt. Wie es aussieht, hat Ernst alles gut im Griff. »Heißt das, unsere Lügen sind noch nicht aufgeflogen? Paulines Mutter hat nicht klargestellt, dass der total durchgeknalle Sänger dort oben auf der Bühne gar nicht ihr Exmann ist?«

Ernst schüttelt den Kopf. »Paulines Mutter hat doch alle Hände voll mit dem Notburga-Contest zu tun, immerhin muss sie den Salat für das Wettessen vorbereiten. Gleich nach diesem Song steht das Finale an, der große Toiletten-Parcours. Pauline und Angelique liegen ganz knapp in Führung vor den verbleibenden zwei anderen Teams.«

»Echt?« Überrascht sehe ich ihn an. »Hat Angelique etwa –«

»Keine Sorge.« Ernst schüttelt den Kopf, während wir uns durch die Menschenmengen zu Angelique und Pauline drängen, die sich auf den großen Toiletten-Parcours vorbereiten. »Noch hatte Angelique keine Gelegenheit zu petzen. Aber wir müssen vorsichtig sein. Seit Pauline und Angelique aneinandergebunden sind, hassen sie sich mehr denn je.«

»Mir reicht es mit diesen dämlichen Spielen«, erklärt Angelique, als Paulines Mutter für einen Moment in Richtung des Parkplatzes verschwindet, um den Salat aus ihrem Auto zu holen. »Dieser bescheuerte Alex aus der Neunten hat unsere Beine viel zu fest aneinandergebunden. Ich glaube, mein linkes Bein ist eingeschlafen. Es kribbelt ganz komisch.«

»Ach, halt die Klappe, Angelika.« Pauline macht ein mürrisches Gesicht, und wie es aussieht, hat sie ihre kratzbürstige Art wiedergefunden. »Nur deinetwegen haben wir den Eierlauf verloren. Kein Wunder, mit deinen Stöckelschuhen. Hättest du Turnschuhe an, hätten wir längst gewonnen.«

»Ich heiße nicht Angelika, sondern –«

»Angelique«, murmelt Pauline. »Wir wissen es längst.«

»Das findest du wohl witzig, oder?«, ruft Angelique erbost. »Du und deine Freunde.« Sie zeigt auf Ernst und mich. »Ihr habt doch alle eine Schraube locker.«

»Jetzt reicht es mir mit dir, Angelique.« Pauline ballt die rechte Hand und sieht aus, als würde sie gleich auf Angelique losgehen.

Angelique verschränkt die Arme. »Es ist höchste Zeit, dass du von der Schule fliegst, Pauline. Dann könnt ihr – du und deine doofe Mutter – dahin zurück, wo ihr hergekommen seid! Und mein Vater könnte wieder zu Hause wohnen und meine Eltern wieder eine richtige Familie werden – so wie es war, bevor deine Mutter alles zerstört hat.«

»Pah! Ich wäre dich auch nur zu gerne los.« Pauline wirkt fuchsteufelswild. »Dann müsste ich mir wenigstens nicht länger ein Zimmer mit jemandem teilen, der … der nach billigem Parfüm riecht.«

»Dafür stinkst du nach Komposthaufen.«

»Hey, Pauline und Angelique kloppen sich gleich«, ruft Jonas plötzlich. Eine ganze Gruppe Mädchen und Jungs hat sich um Angelique und Pauline versammelt und beobachtet ihren Streit.

»Ist ja abgefahren. Eine echte Mädchenschlägerei«, ruft jetzt auch Kevin und kommt näher. »Ich setze fünf Euro, dass Angelique zu Boden geht, noch bevor der Song von Schrammstein vorbei ist.«

»Klar. Pauline hat ja den schwarzen Gürtel«, lacht Jonas.

»Aber Angelique hat Schuhe mit Absätzen«, mischt sich ein älteres Mädchen ein. »Ich setze fünf Euro auf Angelique.«

»Genug jetzt«, rufe ich, so laut ich kann. »Es gibt keine Mädchenschlägerei!«

Angelique funkelt mich wütend an. »Oh, wie nett! Deine neue Freundin eilt dir zu Hilfe, Pauline. Pauline-Latrine und Klothilde, die Klokönigin.«

»Ich heiße Chloé«, stelle ich klar, doch Angelique scheint mich gar nicht zu hören.

»Denkt ihr wirklich, dass ihr mit euren Lügenmärchen auf der Toilettenwand irgendjemanden beeindrucken könnt? Als ob Pauline einen heimlichen Verehrer hätte. Ha, das ist doch ausgemachter Schwachsinn!«

»Halt die Klappe, Angelique.« Pauline macht ein Gesicht, als würde sie Angeliques Kopf gerne in den Brunnen tauchen.

»Von wegen Verehrer. Den hat doch noch niemand von euch jemals gesehen, oder etwa doch?« Angelique lacht. »Jede Wette, dass ihr alle Botschaften einfach selbst geschrieben habt.«

In diesem Moment geht der Song von Schrammstein zu Ende und es wird mit einem Mal ungewohnt still im Schulhof. Unzählige Mädchen starren Pauline und Angelique interessiert an, während die Jungs immer noch auf eine Mädchenschlägerei hoffen. Pauline wirft mir einen unglücklichen Blick zu.

»Ich war das«, erklärt Ernst plötzlich und drängt sich aus der Menschenmenge. »Ich hab die Botschaft auf dem Mädchenklo geschrieben. Ich bin nämlich heimlich in Pauline verknallt. So, jetzt wisst ihr es alle.«

»Ernst Fröhlich? Ach was!«, sagt Angelique verächtlich, doch sie klingt dabei ein bisschen unsicher.

Ernst macht einen Schritt auf Pauline zu. »Pauline, ich hab mich die ganze Zeit über nicht getraut, dich persönlich zu fragen, ob wir zusammen aufs Herbstfest gehen.

Immerhin bist du das tollste Mädchen der Schule. Und du kannst Judo. Du hättest mich in null Komma nichts k. o. geschlagen.« Ernst nimmt Paulines Hand. »Aber vielleicht hättest du Lust, nach dem Finale … ähm, ein Glas Fruchtbowle mit mir zu trinken?«

Um uns ist es mucksmäuschenstill. Pauline strahlt Ernst an, und mir fällt plötzlich auf, dass sie ihn schon öfter so merkwürdig angesehen hat. Zum Beispiel damals, in der Frühstückspause, als Ernst ihr von seinem YouTube-Kanal erzählt hat. Oder als er das Toupet von Santa Klaus' Kopf geangelt hat. Beinahe so, als wäre sie tatsächlich ein wenig in meinen besten Freund verknallt. »Äh, ja, klar. Natürlich können wir eine Fruchtbowle trinken«, sagt sie schließlich.

Ernst lächelt zufrieden. »Super.«

»Bereit fürs Finale?«, ertönt Direktor Oberhäusls Stimme durchs Mikro. Pauline und Ernst fahren erschrocken auseinander. »Wir kommen nun zum letzten Spiel des Nachmittags, dem großen Toiletten-Parcours. Die Teilnehmer müssen hundert Meter im Dreibeinlauf zurücklegen, Klopapier zu möglichst hohen Türmen stapeln und danach Klobrillen-Memory spielen. Abschließend müssen sie eine Riesenschüssel Salat verputzen, gesponsert und bereitgestellt von Paulines Mutter, Frau Schramm.« Applaus ertönt. »Den Anfang macht das führende Team, Pauline und Angelique.«

»Salat-Wettessen?«, murmelt ein Junge aus der Achten.

»Das Hotdog-Wettessen letztes Jahr war viel cooler. Und das Spaghetti-Wettessen im Jahr davor. Da hatten die Teilnehmer wenigstens haufenweise Ketchup und Fleischstückchen im Gesicht.«

»Und los«, ruft Direktor Oberhäusl und bläst fest in seine Trillerpfeife.

Pauline und Angelique bahnen sich ihren Weg über die schmale Holzbrücke, weiter im Zickzack bis nach hinten zur Turnhalle, wo die beiden aus Klopapierrollen möglichst hohe Türme bauen müssen. Sie schaffen es, in Windeseile alle zwanzig Rollen übereinanderzustapeln, bis es weiter zum Klobrillen-Memory geht.

Klobrillen-Memory funktioniert übrigens ähnlich wie gewöhnliches Memory. Unter den Klobrillen befinden sich mit Kreide auf den Beton gemalte Symbole, die immer doppelt vorkommen. Wenn man zwei unterschiedliche Symbole aufgedeckt hat, muss man die Klodeckel wieder verschließen und erneut beginnen.

Klobrillen-Memory ist ziemlich schwierig, aber Angelique scheint sich die Symbole gut merken zu können. In wenigen Sekunden hat sie das Spiel gelöst und sie und Pauline laufen im Dreibeinlauf weiter nach hinten, wo zwei große Holztische mit Salatschüsseln vorbereitet wurden. Nun stecken Pauline und Angelique ihre Köpfe in die

Salatschüsseln, um alles möglichst rasch aufzuessen. Richtig appetitlich sieht das nicht aus, aber ich schätze, das muss es auch gar nicht.

Etwas weiter links entdecke ich Ernst, der gerade einen Selfie-Stick an sein Smartphone montiert und es auf sich richtet. »Für mein neuestes Video berichte ich hier live vom großen Notburga-Contest, der jedes Jahr im Notburga-von-Sorgenfrey-Gymnasium abgehalten wird. Und auch dieses Jahr ist die Spannung kaum auszuhalten. Die Führenden Angelique und Pauline liegen noch recht gut in der Zeit, liebe YouTube-Fans.«

Jetzt schwenkt Ernst die Handykamera auf Angelique, die immer noch mit ihrer Salatportion kämpft. Pauline hingegen ist mit ihrer Schüssel schon längst fertig.

»Mach schon, Angelique.« Pauline verpasst Angelique einen Stoß mit dem Ellenbogen. »Es geht nicht darum, besonders elegant, sondern schnell alles aufzuessen.«

»Hetz mich nicht! Ich bin eben nicht so ein Vielfraß wie du«, knurrt Angelique zurück.

»Ich bin kein Vielfraß, ich will doch bloß gewinnen. Jetzt leg mal einen Zahn zu.«

»Klappe, Pauline. Wenn ich das Klobrillen-Memory nicht so schnell gelöst hätte, wären wir noch nicht mal hier«, giftet Angelique zurück und nimmt das letzte Salatblatt zwischen die Zähne.

»Das Wettessen haben Pauline und Angelique erfolgreich beendet, aber beide haben eine Menge Zeit verloren. Nun müssen sie bloß noch ins Ziel einlaufen«, kommentiert Ernst, als Angelique und Pauline sich auf den Weg zur Ziellinie machen. »Doch irgendwie wirkt die Performance der beiden nicht mehr sehr harmonisch. Es scheint, als wären sie kein gutes Team.«

»Mach schneller, Angelique. Es sind nur noch wenige Meter«, ruft Pauline verärgert, als Angeliques Absatzschuh immer wieder im Matsch stecken bleibt.

Angelique knurrt: »Ich wäre schneller, wenn du nicht immer nach links ziehen würdest.«

»Tu ich doch gar nicht.«

Zusammen stolpern sie über die Ziellinie.

»Wie schade. Das hätte eine neue Bestzeit werden können, aber der letzte Teil war nun wirklich alles andere als gutes Teamwork«, beendet Ernst seine Berichterstattung. Schnurstracks drängt er sich bis an die Ziellinie zu Pauline und Angelique. »Geben mir die Teilnehmer ein erstes Interview nach dem großen Toiletten-Parcours?«

»Wir hätten eine viel bessere Zeit geschafft, wäre Pauline geradeaus gelaufen«, ruft Angelique verärgert.

»Ach, jetzt bin ich schuld? Ich habe meinen Salat nicht so langsam und piekfein gegessen, als wäre ich bei der englischen Königin eingeladen. Nur deinetwegen haben wir –« Pauline hält plötzlich inne und greift sich auf den Bauch. »Oje. Ich glaube, ich fühle mich nicht gut.«

Auch Angeliques Gesicht ist plötzlich ungesund blass geworden. »Ich … auch nicht.« Sie schluckt. »Ich muss mal dringend auf die Toilette. Ernst, leg das dämliche Handy weg und binde uns los, mach schon.«

»Schon gut.« Ernst schaltet sein Handy ab und kümmert sich um die Seile an Paulines und Angeliques Beinen, während Paulines Mutter ein Glas Wasser holt.

»Hier, das hilft bestimmt.« Frau Schramm blickt besorgt von Pauline zu Angelique und wieder zurück. »Hat euch mein Salat etwa nicht geschmeckt?«

»Doch.« Pauline kaut angestrengt auf ihrer Lippe herum. »Der war richtig lecker. Ich weiß auch nicht, was plötzlich mit mir los ist.« Sie schluckt. »Ernst, beeil dich. Wir müssen wirklich beide dringend auf die Toilette.«

Ernst stöhnt. »Ich krieg den Knoten nicht auf.«

»Ich hatte das Dressing daheim vergessen, deshalb habe ich mir die Notburga-von-Sorgenfrey-Kräutermischung ausgeliehen«, murmelt Paulines Mutter verzweifelt. »Die, die Herr Direktor Oberhauser an seinem Stand verkauft.«

»Etwa die da?«, rufe ich erschrocken und deute auf Direktor Oberhäusls Verkaufsstand. »Vor diesem komischen Darmreinigungs-Zeug hat er uns doch gewarnt. Er meinte, man müsse danach sofort auf die –«

»Mach schon, Ernst«, unterbricht mich Angelique, die schon ganz grün im Gesicht aussieht.

»Der Knoten sitzt echt fest.« Ernst seufzt. »Wer auch immer euch aneinandergebunden hat, er muss früher bei den Pfadfindern gewesen sein. Der Knoten ist nichts für Anfänger.«

»Es ist wirklich, wirklich dringend«, jammert Pauline. »Lass uns einfach gemeinsam loslaufen, Angelique, ja?«

»Aber –«

Pauline wartet keinen Moment länger. Noch bevor der nächste Durchgang startet, nehmen die beiden Mädchen ihre Beine in die Hand und verschwinden in Richtung Mädchenklo. Wenn sie beim Toiletten-Parcours genauso schnell unterwegs gewesen wären, hätten sie bestimmt gewonnen.

»Und was nun?«, frage ich Ernst.

»Ich werde Direktor Oberhäusl warnen«, beschließt Ernst. »Denn wenn noch mehr Leute den Salat von Paulines Mutter probieren, könnte es auf dem Mädchenklo ziemlich voll werden.«

Als Ernst losläuft, um Direktor Oberhäusl zu suchen, eile ich Pauline und Angelique hinterher. Warum zum Geier ist Paulines Mutter eigentlich auf die dämliche Idee gekommen, den Salat mit Notburga-Kräutern zu würzen, frage ich mich immer wieder, während ich mich entlang des Büfetts auf den Weg zurück ins Schulhaus mache.

Doch als ich an den belegten Brötchen vorbeilaufe, stößt eine dicke Frau im roten Kostüm plötzlich ein lautes Quieken aus und macht einen schnellen Satz nach hinten. Sie rempelt mich an und wir fallen beide hin, wobei sie mich beinahe zerquetscht. Autsch.

»Eine … eine Eidechse!«, ruft die Frau panisch und rappelt sich auf, ohne sich bei mir zu entschuldigen. »Da … da war eine Eidechse im Tomatensalat. Eine … riesengroße.« Sie macht eine gruselige Grimasse. »Das Tier hatte Klauen wie ein Wolf und Zähne wie ein Piranha. Ein richtiges Monster!«

Die Menschen ringsum drehen sich zu uns um. Ein Glas fällt zu Boden und zerspringt auf den Pflastersteinen in tausend Stücke.

»Eine Eidechse? Wo?«, ruft die Frau neben der Dicken aufgeregt.

»Na, da!« Die dicke Frau in Rot deutet auf den Tomatensalat.

»Igitt«, murmelt ein Mann im Anzug und nippt angeekelt an seinem Weinglas. »Da … da sitzt wirklich ein widerlich schuppiges Ding im Tomatensalat. Was zum Geier macht das Tier da?«

»Das ist bestimmt eine giftige Eidechse«, erwidert die dicke Frau in Rot. »Nichts wie weg hier, bevor sie einen von uns beißt.«

Panisches Kreischen ertönt. Die Menschenmenge um mich weicht plötzlich erschrocken zurück, während ich mich aufrappele und ans Büfett gehe, um nachzusehen. Tatsächlich sitzt Katy seelenruhig in der Salatschüssel und futtert sich an der Petersilie satt. Mich überkommt Erleichterung.

»Keine Sorge«, rufe ich zur Entwarnung in die Menschenmenge. »Das ist eine zahme Hausbartagame, die uns vor einigen Tagen während des Bioreferats abhandengekommen ist. Die hat keine Klauen wie ein Wolf und bestimmt keine Zähne wie ein –« Doch gerade, als ich meine Arme nach Katy ausstrecken und sie hochheben will, macht das Tier einen Satz, hüpft aus der Tomatensalatschüssel und läuft durchs Gras in Richtung der Menschenmenge. Blitzartig teilen sich die Festgäste in zwei Hälften, einige Frauen flüchten sogar auf die Bierbänke, Teller fallen scheppernd auf die Pflastersteine, Gläser klirren und einige der ausgehöhlten Kürbisse rollen über den Boden. Um mich herrscht das totale Chaos. Dagegen war der Zwischenfall mit den Bartagamen in der Biologiestunde die reinste Entspannung.

»Katy! Halt!«, rufe ich, doch die Bartagame ist wieder mal viel schneller als ich. Etwas weiter links entdecke ich Frau Kümmel, die mit roten Wangen den Vorfall beobachtet. Katy läuft immer weiter auf sie zu. »Frau Kümmel, los, fangen Sie die Bartagame ein! Sonst entwischt sie uns ein zweites Mal!«

»Einen Teufel werde ich tun. Ich fasse dieses ... Ding bestimmt nicht an. Holt Direktor Oberhauser, er soll sich darum kümmern«, schreit Frau Kümmel, die schlotternd in der Menge steht und Katy misstrauisch beäugt. »Das Fest ist ein einziges Fiasko. Wir brechen den Toiletten-Parcours ab und beenden das Fest, bevor diese Bartagamen –« Sie holt plötzlich Luft. »Ihhh! Da sitzt ja noch eine!«

»Wo?«, rufe ich und blicke mich hektisch um.

»Da!« Frau Kümmel zeigt einige Meter weiter nach rechts, wo Perry sitzt und uns mit großen Glupschaugen anstarrt. Wahrscheinlich fragt er sich, was die ganze Aufregung zu bedeuten hat.

In diesem Augenblick entdecke ich meinen Bruder Mika, der aus der Menschenmenge auf Frau Kümmel zustürmt, Perry packt und hochhebt. Flugs verschwindet die Bartagame in Mikas Kapuzensweater.

»Ich hab ihn!«, ruft er laut. Einige Frauen applaudieren.

»Und da ist die zweite von vorhin!«, ruft die dicke Frau vom Büfett nun und deutet auf Katy. »Schnappt sie euch.«

Doch Katy ist flinker als Perry. Bevor Mika und ich sie

einfangen können, schlüpft die Bartagame durch den offenen Türspalt zurück ins Schulgebäude und verschwindet in einem der Klassenräume.

»Herrje!«, ruft Frau Kümmel. Ihre Wangen sind knallrot und sie sieht aus wie ein Ballon kurz vorm Platzen. »Wo ist denn nur der Direktor? Er soll sich um dieses katastrophale Herbstfest kümmern. Vergifteter Salat, diese ohrenbetäubende Musik und jetzt auch Urzeitmonster! Das ist das furchtbarste Fest, das wir jemals hatten.«

»Direktor Oberhauser schläft im Gemüsebeet, Frau Kümmel«, verkündet Ernst, der eben um die Ecke des Schulgebäudes biegt. »Ich glaube, er fand die Musik von Schrammstein ein wenig zu gut und ist nun ein bisschen angetrunken.«

EnzyKLOpädie

Kloweisheit #7:

Ist euch schon mal
euer Handy kaputtgegangen?
Vielen passiert das laufend.
Handys gehen kaputt, weil Menschen
sie aufs Autodach legen und losfahren
oder weil Haustiere sie zerkauen.
Aber wollt ihr wissen, wie die meisten
Handys in Deutschland kaputtgehen?
Die Besitzer versenken sie im Klo! Ja!
Das ist tatsächlich wahr!
Jedes fünfte kaputte Smartphone
ist unabsichtlich ins Klo gefallen.
Das dürften in Deutschland beinahe
eine Million Handys pro Jahr sein!

Die Klo-Clique

Ich muss wohl nicht extra dazusagen, dass unser Herbstfest während der nächsten Schulwoche das unangefochtene Gesprächsthema Nummer eins ist. Überall wird darüber gequatscht: in der Garderobe, in den Pausen, im Unterricht und natürlich auch auf dem Mädchenklo. Inzwischen wissen selbst die wenigen, die nicht mit dabei waren, was letzten Freitag alles passiert ist: Eine durchgeknallte Rockband mit alten Opas (auch wenn Onkel Manfred erst vierzig ist) hat ordentlich eingeheizt, Direktor Oberhäusl hat sich betrunken und seinen Rausch im Gemüsebeet vor dem Biosaal ausgeschlafen, Mikas Bartagamen haben sich durch den Tomatensalat gefressen und Pauline und Angelique haben den Notburga-Contest gewonnen, weil danach keiner mehr angetreten ist.

Die Angelegenheit mit den Notburga-Gewürzen im Salat und Paulines und Angeliques hastigem Abgang Richtung Mädchenklo hat allerdings bisher noch keiner rausgefunden. Das bleibt unser Geheimnis.

»Ich glaube, ich habe während des Schulfestes einiges dazugelernt«, erzählt Pauline am Montagmorgen auf dem Mädchenklo. Auch Pauline darf heute Melanies Mathehausaufgabe abschreiben. Ist doch klar, immerhin ist sie jetzt ein Teil unserer Clique. »Ich möchte keine Lügen mehr über mich erzählen. Das war's. Ab jetzt bin ich einfach nur Pauline. Ganz egal, wie uncool die anderen mich finden. Chloé, bitte lass uns das Projekt beenden.«

»Was?«, rufe ich überrascht aus der Klokabine. Vor Überraschung falle ich beinahe vom Klodeckel. »Aber es lief doch so gut.«

Vermutlich fragt ihr euch, was ich gerade in der Klokabine tue. Nein, natürlich nicht das, was ihr jetzt denkt. Das, was man auf dem Klo gemeinhin so tut, tue ich in den seltensten Fällen auf dem Schulklo – denn unser Klo ist für den normalen Klogang eigentlich viel zu schade.

Übrigens habe ich meine Mathehausaufgabe gestern zur Abwechslung tatsächlich selbst gemacht und starte jetzt noch einen Versuch, Mikas Bartagame Katy einzufangen. Während Perry inzwischen wieder zufrieden im Terrarium hockt, treibt sich die weibliche Bartagame Katy immer noch in den Lüftungsschächten der Schule herum. Etwa fünfzig Zentimeter hinter dem Gitter hat sie sich mit Laub, Dreck und Zeitungspapier häuslich eingerichtet.

Dass ich Katy überhaupt sehen kann, ist schon mal ein großer Erfolg, finde ich. Jetzt ist es nur noch notwendig, das Tier ans Gitter zu locken, es sich zu schnappen und vorsichtig herauszuziehen. Diesmal habe ich als Lockmittel nicht nur Salat, sondern auch lebende Heuschrecken aus dem Zoogeschäft mit dabei. Heuschrecken sind laut Mika das Leibgericht von Bartagamen, aber bisher traue ich mich nicht, die Box zu öffnen und die lebenden Krabbeltiere an Katy zu verfüttern. Ernst hätte damit sicher kein Problem.

»Und was willst du jetzt tun, Pauline?«, fragt Melanie, während Katja konzentriert die Mathehausübung kopiert. »Etwa allen erzählen, dass die Botschaften auf der Klowand kein bisschen stimmen und wir alles erfunden haben?«

Pauline hebt unsicher die Schultern. »Vielleicht wäre das das Beste. Was meinst du, Chloé?«

Erzählen, dass ich alle nach Strich und Faden belogen habe? Der Gedanke gefällt mir irgendwie so gar nicht. »Ach, die Geschichten, die wir über dich erzählt haben, geraten schnell in Vergessenheit«, empfehle ich Pauline stattdessen. Ich denke nach. »Na ja, bis auf die Sache mit dir und Ernst.«

»Oh Mann, ja! Die ganze Schule spricht davon.« Katja sieht von ihrem Matheheft auf und guckt uns mit großen Augen an. »Alle glauben, dass ihr euch total ineinander verknallt habt, immerhin hat euch Jonas nach dem Fest noch an der Fruchtbowle entdeckt. Und er behauptet, ihr hättet euch geküsst!«

»Echt? Ihr habt euch geküsst?«, rufe ich überrascht, etwas lauter als beabsichtigt. Katy im Lüftungsschacht erschrickt und verzieht sich zurück ins Dunkel. So ein Mist. »Ist das wahr, Pauline?«

Pauline und Ernst kann ich mir irgendwie so gar nicht zusammen vorstellen … als Freund und Freundin. Ernst ist doch einfach nur Ernst – der merkwürdige Computerspiele auf seinem Handy spielt, T-Shirts mit frechen Sprüchen sammelt und sich heimlich aufs Mädchenklo schleicht. Dieser Ernst soll Pauline geküsst haben? Ich glaube, das könnte der gar nicht. Ernst würde selbst in der romantischsten Situation noch beknackte Witze reißen. Für eine echte Freundin fehlt ihm … einfach die Ernsthaftigkeit.

Pauline wird noch röter. »Natürlich nicht.« Sie starrt auf ihre Füße. »Wir haben uns nicht geküsst. Leider.«

»Pauline Schramm, bist du etwa verknallt in unseren Klassenclown und Möchtegern-YouTube-Star Ernst Fröhlich?«, will Katja wissen und stupst sie in die Seite. »Ach, du musst es nicht zugeben, ich sehe es auch so. Du strahlst jedes Mal wie eine Tausendwattbirne, wenn du seinen Namen sagst.«

»Quatsch. Ich mag ihn, aber ich bin nicht verknallt in Ernst.« Schon wieder beginnt Pauline leicht zu strahlen, aber diesmal versucht sie, möglichst ernst dreinzublicken. »Und selbst wenn, ich habe ohnehin keine Chance. Mindestens fünfhundert Mädchen sind in ihn verknallt, jedenfalls posten die immer so schwärmerisches Zeug unter seine YouTube-Videos.«

Katja hebt eine Augenbraue. »Dafür, dass du ihn bloß

magst, guckst du dir seinen Videokanal aber sehr genau an.«

»Na gut, vielleicht mag ich ihn ein kleines bisschen mehr.«

»Ich wusste es.« Katja lacht. »Wie passend, dass das Gerücht auf der Klowand nun zufälligerweise doch stimmt. Vielleicht wird aus euch ja bald ein Paar. So, fertig.« Katja klappt ihr Heft zu. »Gerade noch mal geschafft. Irgendwann muss ich die quadratischen Gleichungen allerdings auch selber schaffen, wenn wir den Mathetest tatsächlich wiederholen müssen.«

»Oh, verdammt. Mathe! Das habe ich ja ganz vergessen«, ruft Melanie. »Pauline, du hast gar nicht erzählt, was passiert ist, nachdem ihr aufs Klo verschwunden seid. Hat Angelique nun Direktor Oberhäusl gepetzt, dass wir die Mathe-Lösungen vorab hatten? Und wie habt ihr es eigentlich geschafft, euch von den Seilen zu befreien?«

»Stimmt. Das würde ich auch gerne wissen!« Ich setze mich zu Pauline, Katja und Melanie aufs Sofa und beschließe, die Bartagamen-Befreiungsaktion auf die Frühstückspause zu verschieben. Katy hockt ohnehin gerade mit geschlossenen Augen in ihrem selbst gemachten Nest und sieht nicht so aus, als wolle sie sich in nächster Zeit vom Fleck bewegen.

»Gar nicht.« Pauline beißt sich verlegen auf die Lippe. »Die Seile saßen bombenfest. Wir mussten sie nach dem

Fest durchschneiden.« Ich runzle die Stirn. »Aber musstet ihr nicht –«

»Doch, mussten wir. Sogar ziemlich dringend«, sagt Pauline und wird jetzt wirklich knallrot. »Ihr kennt doch die Kabine mit den beiden Toiletten, die noch nie jemand benutzt hat. Die hier.« Pauline deutet auf die Klotür zur Doppelkabine. »Nun ja, es war doch ganz gut, dass Direktor Oberhäusl so etwas hier hat bauen lassen. Aber jetzt sprechen wir nicht mehr darüber, okay? Das ist die absolut peinlichste Sache meines Lebens, und bestimmt auch in Angeliques. Ich möchte es einfach nur vergessen.«

Aber ich muss trotzdem noch mal nachhaken. »Warum hast du uns nie erzählt, dass Angelique deine Stiefschwester ist?«, will ich wissen. »Dass ihr euch deswegen nicht ausstehen könnt?«

»Es war mir peinlich.« Pauline lacht und schiebt sich eine rote Locke hinter die Ohren. »Würdet ihr etwa herumerzählen, dass ihr im gleichen Haus wie Angelique wohnt und dass eure Mutter frisch mit ihrem Vater zusammengezogen ist? Ich wollte nicht, dass jemand denkt, ich wäre genauso hohl in der Birne wie sie. Oder hätte eine besondere Vorliebe für Einhörner.« Pauline seufzt. »Angelique hat es sogar geschafft, meiner Mutter weiszumachen, ich würde bei einer Freundin übernachten, als sie mich auf dem Klo eingesperrt hat. Bis vor Kurzem hielt ich sie für ein skrupelloses Biest. Aber jetzt –«

»Sie *ist* ein skrupelloses Biest«, beharrt Katja und stampft mit dem Fuß auf den Fliesenboden. Giovanni erschrickt und huscht beleidigt in eine der Toilettenkabinen. »Hat sich daran etwas geändert?«

»Wir haben Frieden geschlossen«, erzählt Pauline. »Nach dieser Toilettensache. Ich schwöre bei der Klogöttin, nach so einem Zwischenfall ist man sich plötzlich viel näher, als ihr denkt. Ich kenne Angelique jetzt viel besser … so gut wollte ich sie eigentlich gar nicht kennen. Und Angelique hat versprochen, wegen Mathe nichts zu verraten.«

Melanie runzelt die Stirn. »Und davon bist du überzeugt? Ich glaube, das ist nichts als eine clevere Strategie und sie plant bereits ihren nächsten Anschlag.«

Pauline grinst, während sie die letzte Matheaufgabe in ihr Heft kopiert. In diesem Moment läutet die Schulglocke zur ersten Stunde. »Gestern Abend hat sie sogar ihren Nachtisch mit mir geteilt. Unser Geheimnis ist bei ihr sicher«, erklärt sie. »Und wenn doch, dann schreibe ich eben ihr kleines Geheimnis hier auf die Klowand. Sie hat nämlich sogar Einhörner auf ihrer Unterhose.«